Besonderer Dank geht natürlich an meine Lektorin, Frau Marion Lembke, von Mystery of Books. Für das Cover möchte ich mich bei Ralph Meidl bedanken. Ein weiterer Dank gilt meiner Testleserin Toni Vleugel.

Harald Weiß
Point of Books

Harald Weiß

Spiel des Schattens

Kartl und Neuner ermitteln

Der Autor, wohnhaft in Schwanstetten, geboren in Nürnberg, veröffentlichte 2015 mit „Spiel des Schattens" seinen ersten fränkischen Krimi.

Alle in diesem Buch geschilderten Handlungen
und Personen sind frei erfunden.
Ähnlichkeiten mit lebenden und verstorbenen
Personen wären zufällig und nicht beabsichtigt.

Biografische Informationen der Deutschen Nationalbibliothek:
Die Deutsche Nationalbibliothek verzeichnet diese Publikation
in der Deutschen Nationalbiografie, detailliertere biografische
Daten sind im Internet unter http://dnb.d-nb.de abrufbar.

© Harald Weiß - Point of Books
Alle Rechte vorbehalten
Umschlaggestaltung: Ralph Meidl
Lektorat by Mystery of Books
Druck und Bindung: Amazon
Printed in Germany 2015, Neuauflage 2020
ISBN 978-3-00-051348-0
Fränkischer Krimi
Originalausgabe

Spiel des Schattens

Kapitel 1

Die Dunkelheit verschleierte seit etlichen Stunden die Straßen und Gässchen. Eine beschauliche, ja fast besinnliche Stille lag über den alten Fachwerkhäusern im Ortskern der Marktgemeinde, als plötzlich ein gellender Schrei in der eisigen, klaren Nacht durch die Stille vibrierte. Markerschütternd durchschnitt er die kalte Luft.

Bis wenig später die Normalität wieder Einkehr fand und mit ihr die gewohnte Lautlosigkeit. Die Zeit stand nicht mehr still, sie füllte sich mit besorgten Anrufern, deren Mitteilungen sich in der Einsatzzentrale Bamberg / Forchheim bündelten.

Ein gutes Dutzend von knapp achttausend Einwohnern wählte diesen Notruf. Manche aufgeregt, wieder andere besorgt, die nächsten verstört. Aber alle fühlten in der Wahrnehmung gleich. Der Schrei einer jungen Frau, tief unter die Haut gehend, verstörte ihre Sinne.

Mit ihnen die Diensthabenden, welche sich dennoch geduldig und verständnisvoll jedes Einzelnen annahmen an diesem kalten Märzabend.

Nach der Erfassung der vielfältigen Empfindungen herrschte kurze Zeit später in der PI Forchheim gespannte Neugierde über die Meldungen, die Bamberg ihnen soeben übermittelt hatte. Ein diensthabender Polizist sicherte sich die Aufmerksamkeit eines attraktiven und jungen Beamten, in dessen Zuständigkeit die eingegangenen Hinweise fielen. Kriminalhauptmeister Max Neuner, gedanklich schon bei seinem aufregenden Wochenendabenteuer – in der Freizeit ein begnadeter Skifahrer -, blickte pflichtbewusst auf den Monitor. Dank des lästigen Protokollschreibens hing er überhaupt noch im Präsidium fest.

Mit einem schwarzen Mantel über dem Arm, der sein sportliches, elegantes Erscheinungsbild unterstrich, ging er seufzend die Daten durch, die ihm mit den Worten „Vielleicht was für euch" schmackhaft gemacht worden waren.

Max Neuner zögerte innerlich, ob seinem Ermessen nach wirklich Handlungsbedarf bestand. „Was fange ich jetzt damit an?", sprach er zu sich. Seine wachen, blauen Augen, im Kontrast zum kurzen, blonden Haar, wanderten über die Buchstaben und bildeten in seinem Kopf ganze Wortketten, die ihn nachdenklich erscheinen ließen.

„Ein Schrei? Mitten in der Nacht? Sonst nichts", bemerkte er, leicht den Kopf schüttelnd. Dennoch stieg sein Interesse mit jedem Satz, den er las. „Wo? In Neunkirchen am Brand. Schon unser Zuständigkeitsbereich. Hm...", überlegte er, den Kopf leicht zur Seite nehmend. Noch ein wenig unentschlossen, da er zur Mordkommission gehörte und bisher nicht eindeutig hervorging, dass überhaupt ein Verbrechen vorlag.

„Tja, klingt wie ein Hilferuf. In der Nähe des *Zehntplatzes*. Soll doch jemand in Not gewesen sein?", murmelte er in den Bildschirm des Wachhabenden hinein.

Mit einem kurzen Blick auf seine geschmackvolle, silberne Armbanduhr versuchte er sein Zeitgefühl zu aktualisieren. Die Ziffern, die ihm schwach im Flurlicht der Behörde entgegen leuchteten, zeigten schon nach 22 Uhr. Dennoch lächelte er. *Na ja*, dachte er sich, *verschieben wir das Skifahren auf Sonntagmorgen.*

Neugierig geworden, sowie mit dem dazu gehörigen Pflichtgefühl, griff er zu seinem Handy und wählte die Nummer von Kriminalrat Sepp Kartl, seinem Chef, mit dem er seit fünf Jahren ein Team bildete.

Kriminalhauptmeister Neuner grinste vor sich hin. „Hoffe, ich schocke ihn nicht zu sehr", kicherte er leise, während er auf das Freizeichen am andere Ende wartete. „Wie gut das mein Chef altmodisch ist. Sonst hätte er längst die Funktion der Mailbox auf seinem Handy entdeckt."

So dauerte es zwei lange Minuten, bis das monotone Anrufsignal durch ein mürrischen „Ja, was zum Teufel ist los?" ersetzt wurde.

Max Neuner war wenig überrascht über die derbe Redensart. Immer wenn sein Chef bei seiner größten Leidenschaft, dem Essen, gestört wurde. Da hörte der Spaß bei ihm auf. Und es gab nur diese eine Leidenschaft. *Ein-, zweimal in der Woche einen Salat wäre manchmal vielleicht besser für ihn,* ging es Neuner durch den Kopf. Empfand er nicht als Schaden bei der doch sehr stämmigen Figur seines Chefs. „Sepp, wo befindest du dich gerade? Beim Essen, oder? Eventuell ein Verbrechen in Neunkirchen am Brand. Zumindest gibt´s Hinweise darauf", schrie er in sein Telefon, um die laute Geräuschkulisse im Hintergrund zu übertönen. „Wo zum Geier steckst du?"

„Ich bin in Ebersbach, im *Gasthaus zur Traube*. Beim letzten Fall bin ich auf dem Nachhauseweg sozusagen darüber gestolpert. Habe mir damals geschworen: Sepp, irgendwann erobert dein Magen diese Küche. Und ich muss sagen: Geheimtipp, Max. Vor allem die Karpfen sind ein Gedicht. Eine dieser richtig urigen, fränkischen Gaststätten."

Schwärmerei für delikates Essen, lachte Max innerlich. Ja, so kannte er ihn. *Leckere Mädchen sind mir da lieber.* „Im Moment ist mir das völlig wurscht. Ich hole dich in zwanzig Minuten ab."

„Wehe, wenn es nicht wichtig ist", antwortete dieser mit einem leicht säuerlichen Unterton in seiner sonoren Stimme.

Die Verärgerung über das abrupte Ende des gemütlichen Abends überhörte sein Partner natürlich nicht. *Mein Chef halt,* analysierte er kurz und bündig.

Max Neuner drückte die Beenden-Taste seines Smartphones, meldete sich bei den Kollegen der PI Forchheim ab und lief ohne Hast zum gemeinsamen Dienstwagen. Entspannt steuerte er ihn bei seiner Lieblingsmusik, den *Toten Hosen*, nach Ebersbach, einem Ortsteil von Neunkirchen. Der Titel *An Tagen wie diesen* entsprach ganz dem Motto der heutigen Nacht.

Währenddessen trank Kriminalrat Kartl langsam und voller Unwillen sein alkoholfreies Bier aus, bezahlte mit schlechter Laune die Rechnung, wahrlich unmotiviert für das nächtliche Abenteuer. Träge erhob er sich von seinem warmen, molligen Platz. Grausig der Gedanke, ihn gegen den kalten Westwind dieses Abends eintauschen zu müssen. *Mir tut eh schon alles weh,* jammerte er innerlich, was ihn das eine oder andere Mal selbst ärgerte.

Böiger Wind begrüßte ihn kurz danach beim Öffnen der schweren Eingangstür. Obwohl mit Schal und Mütze geschützt, fühlte es sich an wie Nadelstiche, die sein Gesicht massakrierten. „Ich befürchte, der Tag ist im Arsch", fluchte er vor sich hin. „Und das Ganze, obwohl wir nicht einmal wissen, ob´s eine Leiche gibt."

Geschlagene fünf Minuten tippelte er danach von einem Bein auf das andere, bis endlich ein Wagen auf die Gaststätte zufuhr. „Gott sei dir gnädig, wenn du es nicht bist, Max." Der Dienstwagen hielt forsch und knapp vor seinem beleibten Körper, das Fenster der Beifahrerseite bewegte sich nach unten und sein Partner forderte ihn mit den Worten, „Hallo Sepp, komm, steig ein. Schaust erfroren aus" auf, das warme Innere aufzusuchen, worauf Kriminalrat Kartl umständlich in den Sitz plumpste. Schnaufend und vom eisigen Wind angeschlagen zwang er sich zu einem kurzen „Servus Max".

Was zwanzig Jahre Altersunterschied so ausmachen, überlegte sich Max Neuner. *Ob ich mit 55 Jahren auch so ein körperliches Desaster erleide?* Trotzdem überzog für einen kurzen Moment ein verschmitztes Grinsen sein Gesicht, bevor er sich konzentrierte und losfuhr.

Drei Kilometer, viele Kurven, ein Waldstück, jede Menge Äcker und vor allem nachts viele Rehe und Hasen kennzeichneten die kurze Fahrtstrecke dieser kleinen Verbindungsstraße. Max nutzte die Zeit, seinem Chef die Situation zu erläutern, so wie er sie anhand der vielfältigen Daten einschätzte.

Dieser befand sich mittlerweile auf dem Weg der Besserung. Die Auftauphase war abgeschlossen, das Großhirn denkfähig und die Stimme gewann an Kraft. „Na, lassen wir uns überraschen, was wir vor Ort finden. Oder wie so oft nur falscher Alarm? Ein Jugendstreich?" Während der Ausführungen zuckte er mit seinen breiten Schultern. Vielleicht erwartete er aber nur eine vernünftige Antwort seines Partners.

Nicht überall liegt eine Leiche am Wegesrand herum.

Nach der Durchfahrt eines von drei äußeren Toren, die in den Ortskern hineinführten, linker Hand an einer Bäckerei vorbei, parkten sie ihren Wagen am rechten Straßenrand direkt vor einem heimischen Geldinstitut. Nicht weit entfernt vom *Zehntplatz*, dem Ausgangspunkt ihrer Ermittlungen.

„Endstation", unterbrach Max Neuner die eingekehrte Stille. Einigkeit herrschte bei beiden, während gemeinsamer Fahrten auf anregende Musik zu verzichten. Rock meets Klassik harmonierte so gar nicht, zu unterschiedlich offenbarten sich ihre musikalischen Stilrichtungen.

Nach dem Abstellen des Motors, dem Realisieren der Ankunft am Ausgangspunkt ihrer Ermittlungen, erwachte ihr Bewusstsein zu neuer Tatkraft.

Ein kurzes, tiefes Durchatmen, mit dem Versuch, den natürlichen Reflex zu überlisten, nicht auszusteigen. Augen zu und durch. Fast schon fluchtartig enterten sie das Freie. Sofort signalisierten ihre Nasenflügel Alarm angesichts der kalten und unangenehmen Luft. Bei den ersten Schritten knirschte der hartgefrorene Schnee unter ihren Schuhsohlen. Aufmerksam ließen sie ihre Blicke umherwandern.

Der erste Eindruck: Stille. Vereinzelt schimmerte gelber Lichtschein durch die matten Fensterscheiben. Sonst nichts. Kein Laut, kein Geräusch erreichte die kalten und schnell erröteten Ohren der beiden Kommissare.

Kaum zwei Meter vor ihnen breitete sich der besagte Zehntplatz aus. Links eine Eisdiele, ein Blumenladen, rechts die bereits erwähnte Bank. Im Hintergrund die *Zehntscheune*, umgebaut zum Veranstaltungsort für zünftige Feiern, Messen, Ausstellungen, mit einem modernen Brunnen linker Hand davor.

Kriminalrat Kartl erinnerte sich auch gleich an all die Einsätze zur Zeit der Kirchweih im Spätherbst. Tatkräftige Unterstützung ihrer Kollegen zur Überwachung der vielen trinkfesten Jugendlichen. Er schaute über den Platz. „Hier irgendwo ist der Schrei ausgestoßen worden. Lass uns mal über den Platz gehen. Vielleicht finden wir ja was Auffälliges."
Auf den ersten Blick verriet der Ort im Lichtkegel der Straßenlaternen nichts Ungewöhnliches.
Auch keine Leiche, dachte sich Max.
So begannen sie Schritt für Schritt mit der Spurensuche, langsam vorankommend, um nichts zu übersehen. Mit ihrer professionellen Vorgehensweise rückte Meter für Meter der Brunnen näher. Dessen einzelne Quader wurden von einer dicken Schneeschicht überdeckt und die verzauberte die monotonen Steinelemente in kleine Kunstwerke mit Zuckerguss.
„Diese Steuerverschwendung", schimpfte Sepp Kartl. Weißer Nebelhauch umwölkte den Mund beim Ausatmen. Wie kleine Rauchwolken, die sich tänzelnd nach oben bewegten. „Aber keinen Cent für unsere Ausrüstung haben", nörgelte er weiter. Seine Gedanken kreisten und kreisten hinter seiner wulstigen Stirn.
Wie beschreibe ich einem Freund diesen Brunnen?, überlegte er sich. Worauf der Einwand von Max nicht lange auf sich warten lassen würde: *Du hast gar keine Freunde.*
Wie dem auch sei. Verschiedene Steinquader, im Rechteck angeordnet, von unterschiedlicher Höhe und Breite, aus denen im Sommer das Wasser sprudelt. Mehrere Tafeln mit Inschriften schmücken die Außenseiten. Grässlich, schüttelte es ihn. Kartls Geschmackssinne erreichten beim Anblick des Brunnens ihre Grenzen.

Mühsam schenkte er seine Aufmerksamkeit erneut dem Ort eines möglichen Verbrechens. *Ein kühler, fader Platz, ein bizarrer Kontrast zu der Scheune aus dem 15. Jahrhundert,* kam es ihm beim Blick ans Ende des Platzes in den Sinn. Undefinierbare Spuren bedeckten den teils schmutzigen Schneeboden. „Max, alles ein schlechter Scherz oder was meinst du? Das beliebte Spiel, Nachbarn zu ärgern?"
„I don´t know", kam knapp formuliert von ihm zurück.
„Lass uns den Brunnen untersuchen", regte Kartl als Aufforderung an.
Ein Bereich, der eventuell Spuren verbarg, die sich ihren vom kalten Wind tränenden Augen nicht sofort offenbarten. Sepp Kartl inspizierte mit großem Eifer das Innere des Brunnens. *Wo war dies überhaupt? Das Innere. Die Mitte, das Ende.* Ein heftiges Glucksen unterdrückte er gerade noch rechtzeitig. Ohne Taschenlampe erspähten seine Augen rein gar nichts außer Schnee. *Viel zu finster,* stellte er unbefriedigt fest. „Max, leuchte mal hierher." Sein Partner profitierte schon längst von der Leuchtkraft einer Lichtquelle.
„Erkenne ich da nicht einen Gegenstand im Schnee?", sprach er zu sich selbst. „Max, schau her." Am Rande der nebeneinander angeordneten Blöcke des Brunnens schimmerte ihnen etwas ganz schwach entgegen. „Was das ist?"
Sein Partner zog kurz die Beleuchtung zurück und griff im nächsten Moment ein buntes Stofftaschentuch aus der Innentasche seiner warmen Jacke. „Willst du es damit aufheben?", fragte er ihn fast schon belustigt.
„Nein, nein", winkte dieser energisch ab, „denke bitte an mein Kreuz und meine Hüfte."

Ja, Ja, kam es Max Neuner in den Sinn. *Das ewige Jammern, Schmerzen hier, Schmerzen da. Alles kaputt. Zu alt? Zu üppig ernährt?*

„Reicht schon, dass es kalt ist", bemängelte gleichzeitig sein Chef.

Also bückte sich Max elegant zu Boden und zauberte blitzschnell das Corpus Delicti auf Höhe der kritischen Augen von Sepp Kartl. Wirkte wie das Stück eines Armkettchens. Schmal, zierlich, aus Silber, abgerissen. So der erste Eindruck.

Behutsam nahm Kartl es seinem Kollegen ab und ging langsam zur nächsten Straßenlaterne, um besseres Licht zu erhalten. Kein grelles wie das der Taschenlampe, die ihn jedes Mal halb erblinden ließ.

An der Innenseite der Armkette bemerkte er zwei Buchstaben. Ein großes C und ein kleines H. Aber wo war der Rest des Armkettchens?, grübelte Kriminalrat Kartl. *Lag es schon länger hier? Vielleicht über Wochen? Zufällig verloren? Natürlich ist dies auch eine Möglichkeit.*

Die Spuren deuteten allerdings auf ein gewaltsames Entfernen hin. Abgerissen, vielleicht mit Gewalt. Außerdem entdeckte er beim nochmaligen Betrachten dunkle Flecken an der Innenseite. *Vielleicht Blut? Aber wann ist das Ganze passiert? Heute? Oder liegt es schon viel länger hier herum? Wobei, so richtig angegriffen vom Winter schaut es nicht aus.*

„Max, das lassen wir später untersuchen. Schaut nach Blut aus. Ich verständige gleich die SpuSi. Möglicherweise haben wir es doch nicht mit einem Jugendstreich zu tun. Aber warten wir erst mal ab. Uns fehlt ja immerhin die passende Leiche. Vielleicht sind wir trotzdem auf einer richtigen Spur. Die Anrufer können sich nicht alle getäuscht haben."

Sein Partner stand die ganze Zeit abwartend neben ihm. *Typisch Chef. Fast kein Wort mit mir reden, seine Gedanken für sich behalten, analysieren. Aber so ist er halt,* dachte er für sich. *Auch wenn ich nicht viele kenne, die mit ihm auskommen. Ich hatte noch nie ein Problem mit ihm. Er ist geradlinig, ehrlich, bodenständig, erfolgreich. Ich konnte mich immer auf ihn verlassen. Nein, das bassd scho.* Was in Franken der höchsten Wertschätzung gleichkam.

Kriminalrat Kartl telefonierte mit der Spurensicherung, intern genannt SpuSi. Bis sie hier eintrafen, beäugten sie die Umgebung um den Brunnen herum.

„Wirklich richtig fade der Platz vor der *Zehntscheune*. Diese moderne Architektur. Alles zupflastern, kein Grün und alle klatschten vor Begeisterung in die Hände. Wer beschließt so eine sinnlose Versiegelung der Natur?"

Es sprudelte nur so aus Kartl heraus. „Keine lauschigen Ecken mehr. Bin ja auch nicht der große Romantiker. Aber ein bisschen mehr Fantasie, meine Herren vom Gemeinderat, erhöht zwangsläufig die Lebensqualität aller. Fantasie ist wichtiger als Wissen."

„Wie wahr Sepp."

Langsam umrundeten sie in der nächsten halben Stunde den Zehntplatz, überquerten das Areal des Busbahnhofes, den Bereich der Evangelischen Kirche, bevor sie über das *Erlanger Tor* wieder in den Ort hinein fanden.

Dabei versuchte Kartl, eine Vorstellung in seinem Kopf in Form einer Tat zu projizieren. *Was ist hier passiert? Eine Frau hat fürchterlich geschrien. Aus Angst? Vor Furcht? Ermordet? Verschleppt? Entführt?*

Bevor er den Gedanken abschloss, erlösten ihn die Beamten der SpuSi mit ihrem Erscheinen.

Nach seinem ausführlichen Lagebericht eroberte emsiges Treiben den stillen Ort. Gleichzeitig überließ er ihnen den Teil des gefundenen Armkettchens.

Die Geräuschkulisse der beginnenden Arbeiten übertrug sich langsam in die einzelnen Wohnungen am *Zehntplatz*. Licht für Licht schaltete sich dazu.

Kriminalrat Kartls Blick streifte über die Szenerie. „Diese Scheinheiligen. Wieder wach geworden. Anrufen, Angst haben, danach verkriechen, über allen Maßen neugierig und doch nichts gesehen", murmelte er.

Der heutige Abend weckte Erinnerungen an den Tatort im Februar vor einem Jahr. Bei ihrem Einsatz in der Nähe von Ebersbach. Dem Mord an einer jungen Frau, den sie aufzuklären hatten. *Und hier? Völliges Tappen im Dunkeln. Passend zur Nacht.*

Während die Arbeit der Spusi im vollem Gange war, drehten die beiden Kommissare eine weitere Runde durch den Ort.

„Da ist ja nichts los um diese Uhrzeit", bemerkte Max. „Keine Mensch auf der Straße unterwegs."

„Die trauen sich alle nicht raus", mutmaßte sein Chef.

„Wahrscheinlich."

„Was meinst du zu dem Ganzen. Wird es ein richtiger Fall für uns?"

„Im Moment schaut es ja noch gar nicht danach aus. Aber der Schrei muss ja richtig gruselig gewesen sein. Vertrauen wir mal darauf, dass er nicht gespielt war."

„Lassen wir uns überraschen."

Sie näherten sich wieder dem Zehntplatz und suchten die Kollegen von der SpuSi auf.

Kartl hasste nichts mehr als nutzloses Warten. Der Blick auf seine schwarze, unscheinbare Uhr verriet die mittlerweile halbstündige Arbeit der Beweisaufnahme. Sein innerer Gefühlszustand vermittelte etwas ganz anderes. *Hilfe, ich bin ein Eisblock.*

Er kniff seine Augen zusammen, räusperte sich kurz und wandte sich an den Chef der heutigen Truppe. „Lothar, erzähl uns was."

„So, wie es sich im Moment darstellt, gibt es einige kurze Schleifspuren. Möglicherweise von einer Person, die ein Unbekannter durch den Schnee transportierte. Diese enden dort in dem kleinen Seitenweg. Vielleicht wurde die Person danach weitergetragen. Liegt ein Verbrechen vor? Bin mir nicht sicher. Alles nur Vermutungen. Ausgeprägte Fußspuren lassen sich nicht zuordnen. Der Schneeboden ist einfach zu hart gefroren."

Günther unterbrach kurz seinen Monolog, um einer Kollegin eine Anweisung zu geben.

„Eine Entdeckung am Brunnen wird euch vielleicht weiterhelfen. Meine Kollegen haben Blutspuren im Schnee analysiert. Nicht viel. Schaffe ich für ein sicheres Ergebnis in unser Labor. Nicht dass uns eine Katze oder ein Hund einen Streich spielen. Dürftig, ich weiß, aber der Rest ist ja auch nicht mein Job."

Kartl atmete tief durch seine unterkühlten Lungen. „Schaut nach einem sehr verzwickten Fall aus", entgegnete er. „Danke meine Herren", tönte er mit seiner tiefen Stimme kraftvoll in die Runde. Auch wenn mittlerweile die eine oder andere Frau bei der SpuSi ihrer Arbeit nachging. *Ist mir einerlei, schere mich nicht um gepflegte Redensarten.* „Da kommt Arbeit auf uns zu."

„Schaut so aus, Chef."

Fast ein Uhr. Die Zeiger des katholischen Kirchturmes offenbarten die späte Stunde. Umtriebig schlenderten sie ein letztes Mal umher. Die Hoffnung, zum Schluss irgendetwas Wichtiges zu entdecken.
Mit dem Aufräumen und Abziehen der SpuSi erlangte der Platz wieder seine Ordnung und Ruhe.
Hinter den Bussen, die spät nachts den Weg nach Forchheim einschlugen, begaben sie die beiden Beamten der Mordkommission gleichfalls auf den Heimweg.
Mit einem kleinen Umweg über Ebersbach, da ein verwaistes Auto dort immer noch auf seinen Besitzer wartete.
Vielleicht wird ja schon längst jemand vermisst, mutmaßte Kartl beim stummen Blick aus dem Seitenfenster.

***

Die Augen spähten forsch und flink und doch bemerkten sie ihn nicht. Den mysteriösen Schatten, der das Treiben am Brunnen die ganze Zeit mit seinen funkelnden Augen fixierte. Mit einem spöttischem Lächeln, verborgen hinter einem dicken Wollschal, verfolgte er jetzt die Abfahrt der Polizeibeamten. Ab und an blitzten seine Augen hinaus in die Finsternis der Nacht. Matt, müde, traurig, doch das nahm keiner wahr. Fast zum Greifen nah am Geschehen, fast belustigt über das Nichtwahrnehmen. Bis er genauso geheimnisvoll verschwand, wie er erschienen war.

***

Kapitel 2

Das Morgenleuchten über Forchheim malte schon seit Geraumen sein schönstes Gemälde. Die beiden Kommissare beeindruckte dieses Bild nicht im Geringsten. Sie investierten die restlichen Nachtstunden in den noch jungen Fall. Ohne aber Erkenntnisse oder neue Spuren zu bekommen. Keine Vermisstenanzeige passte in ihr Fahndungsraster, damit sie einen Anhaltspunkt bekamen. Ein schwieriges Rätsel, in dem die Puzzleteile sich nicht fügten.

Zwar stammte das Blut zweifelsfrei von einer Frau, wie diverse Untersuchungen ergaben. Doch der Abgleich mit der Datenbank förderte keinerlei brauchbaren Hinweise hervor. Nur neue Fragen türmten sich vor ihnen auf. Es gab ja nicht einmal eine Antwort darauf, ob das Blut tatsächlich von einem Mordopfer stammte. Ein verletzter Finger oder eine andere harmlose Wunde lagen immer noch im Bereich des Möglichen.

Auch die Beamten, welche in der Nacht noch die Anwohner befragten, erhielten keine Durchbruch bringenden Hinweise auf ein Verbrechen. Wie Kriminalrat Kartl schon vermutet hatte: Visuell nahmen die Anrufer nichts Verdächtiges wahr. Sie hörten nur den Schrei, der in ihrem Gedächtnis blieb.

Müde, unrasiert und schlecht gelaunt fuhr Kartl mit seinem Partner Neuner am frühen Vormittag noch einmal nach

Neunkirchen. Mit im Gepäck eine Staffel ausgebildeter Hundeführer. Der Plan beinhaltete, alles in der näheren Umgebung abzusuchen. Die Idee war, die Hunde am Brunnen, dem Ausgangspunkt des Fundes, schnuppern zu lassen. Mit etwas Glück nahmen sie einen Geruch auf und führten sie zu einer interessanten Spur.

Mittlerweile schlug es neun auf der Kirchturmuhr, als das ganze Kommando in dem längst erwachten Ort anrückte. Drei Busse, gespickt mit einer großen Anzahl von Polizisten, verschreckten im ersten Moment all die umtriebigen Menschen, welche entweder zum Bäcker oder in die anderen Geschäften eilten.

Samstagfrüh, der normale Wahnsinn der Menschheit. Wir sind das Highlight obendrauf, dachte sich Kartl beim Ankommen und parkte behutsam ihren Wagen am Seitenrand nahe ihrer bereits anwesenden Flotte. Fünfzehn Beamte, begleitet von drei ausgebildeten Schäferhunden, erweckten schnell den Eindruck einer überfallartigen Bestürmung der Marktgemeinde.

Nachdem die Truppe startklar signalisierte, trieben die Hundeführer zuerst ihre Tiere in Richtung des verschneiten Brunnen am *Zehntplatz*. Schnüffelnd belagerten sie die einzelnen Blöcke der Wasserstätte. Um Geruchspartikel herauszufiltern oder eine Fährte aufzunehmen. Es dauerte gar nicht so lange, bis die Meute im ganzen Ort zerstreut unterwegs war.

Max fragte sich derweil beim Anblick der Verteilung: *Laufen die Hunde jetzt wirklich einer Spur hinterher oder aus reiner Hilflosigkeit einfach mal durch die Straßen?*

Auf jeden Fall durchkämmten sie mit den jeweiligen Trupps jede Ecke, jeden Hauseingang, wo die Schäferhunde sie hinführten.

Selbst der kleine Park nahe der hiesigen Grundschule, mit dem durchfließenden Brandbach, weckte ihr Interesse. Um diese Jahreszeit beherbergte er selten große Wassermengen. Vom Tauwetter noch lange entfernt, zog nur ein kleines Rinnsal seine Bahn in dem Flussbecken.

Sie entdeckten nichts. Weder hier am Ufer, noch in den einzelnen Gassen.

Verdächtig war nur die Neugierde der zahlreichen Gaffer der Ortsansässigen.

Nach nicht mal zwei Stunden bliesen sie die Aktion ab. Kartl verabschiedete sich dankend von den Kollegen für die Unterstützung am heutigen Samstag, während die Schaulustigen langsam auseinander stieben.

„Max, einen Kaffee?", fragte Kartl seinen Kollegen ausgefroren.

„Bin dabei. Es ist immer noch genauso arschkalt wie gestern Nacht."

Ein wunderbares Aroma weckte schon beim Eintritt ins warme Café die Sehnsucht nach Geborgenheit. Verstohlene Blicke und Getuschel begleiteten die beiden Kommissare beim Bestellen und der anschließenden Platzsuche.

Jeder Fremde wird kritisch beäugt, fiel Kartl auf. Oft stellte er sich die Frage, ob das Landleben sein Herz erobern könnte. *Glaube ich nicht, wenn ich dies hier so empfinde. Lebt sich doch angenehm anonymer in der Stadt. Jedem das Seine. Suum cuique.*

Eines von wenigen Lateinwörtern, welches sein Gedächtnis seit seiner Studienzeit aufbewahrt hatte.

Der Kaffee belebte ihre eingeschlafenen Lebensgeister.

„Was denkst du?", begann Kartl das Gespräch. „Gönnen wir uns eine Verschnaufpause und entlassen uns selbst in den Feierabend? Morgen ist Sonntag. Wird sich nicht viel ereignen in unserem Verdachtsfall. Am Montag sehen wir weiter, ob der Fall konkreter wird. Mit einer realen Leiche zum Beispiel."

Max blickte erfreut zu seinem Chef. „Ja, da bin ich sofort dabei. Ohne Beweise fehlt uns der richtige Ansatzpunkt. Sammeln wir unsere Kräfte. Du hast ja so Recht", unterstrich er dies mit einer besonderen Betonung.

Sie tranken in aller Ruhe ihren Kaffee aus, hinterließen die unbefriedigten Neugierigen, kehrten nach Forchheim zurück, um sich für Montag früh um neun Uhr zu verabreden. Ausgelaugt und erschöpft, müde in den Gedanken, zerstreute sich ihr gemeinsamer Weg.

Kriminalhauptkommissar Neuner nutzte den freien Sonntag zum Tagesausflug ins Fichtelgebirge. Skihölle am *Ochsenkopf*. Spaß, Freude, Hingabe.

Kriminalrat Kartl jedoch verschlief fast den ganzen restlichen Samstag und den halben Sonntag in seinem beschaulichen Zuhause. So verbarg sich ihm auch das Geheimnis der Finsternis.

***

Nachts, vor Kartls Wohnung, pirschte er sich heran. Behutsam, bedeckt. Der Schatten, eingehüllt in perfekte Dunkelheit. Wartend, geduldig, um irgendwann am frühen Morgen mit dem letzten Rest der schwarzen Umgebung zu verschmelzen. Zeitlos wirkend, bevor er sich mit der Finsternis verlor.

***

Kapitel 3

Zwei Tage verblassten im Ablauf des Jahres seit der Nacht vom Freitag, dem Tag des markanten Schreis. Ein neuer Wochenbeginn läutete die letzte Märzwoche des langsam unerwünschten Winters ein.

Noch streckte er mit aller Macht seine Fühler weit ins Flachland hinunter. Bisher halfen ihm die Temperaturen, seine Position zu behaupten. Doch er schien angezählt.

Montagmorgen, 9 Uhr.

Beide Beamte der Mordkommission trudelten nacheinander in ihrem Dienstzimmer ein. Frisch und munter, ausgestattet mit vollem Tatendrang. Zumindest Max erweckte diesen Eindruck.

In Kartls Gesicht zeichneten sich eher die Züge eines angeschlagenen Boxers nach. Wieder empfand er, schlecht geschlafen zu haben. *Warum schmerzt mir nur alles? Jede Bewegung, selbst nachts,* dachte er sich, neidisch über den Tisch blickend.

Max grinste derweil in sich hinein. Bei *Beauty and the Beast* verteilten sich ihre Rollen eindeutig. Schmunzelnd erwiderte er den angriffslustigen Blick seines Chefs. Worauf beide herzhaft lachen mussten.

Die Situation der Aufklärungsarbeit befriedigte sie nicht im Geringsten. Kartl frustrierte nichts mehr als ein Fall, der nicht den Ansatz einer Lösung preisgab. Seit Freitag vermisste niemand eine weibliche Person in ihrem Landkreis oder in den angrenzenden Regionen.

Wenn sich nichts daran ändert, bleibt der nächste Schritt, die örtliche Tageszeitung einzuschalten, nicht aus, grübelte er für sich.

Dies erfreute ihn am allerwenigsten. Den Eindruck zu erwecken, unfähig in den Ermittlungen zu sein. *Ein Himmelreich für einfache Mordfälle,* sein nächster Gedanke. *Da gibt es Leichen, jede Menge Spuren, den üblichen Kreis von Verdächtigen. Und hier? Vielleicht ein Opfer? Viele Vermutungen und Spekulationen.*

Deprimiert schlürfte Kartl an seinem heißen Kaffee, während sein Partner im hauseigenen Intranet alte Mordfälle verglich. Zum jetzigen Zeitpunkt vielleicht das einzige Mittel, um ihr hilfloses Gefühl zu überbrücken. Wie die Suche nach der Stecknadel im Heuhaufen.

Urplötzlich öffnete sich mit einem lauten Ruck die Tür ihres Büros und einer der diensthabenden Beamten schritt aufgeregt und hastig herein. „Die Herren, ein Kollege ist draußen auf dem Parkplatz darüber gestolpert." Seine rechte Hand wedelte mit einer kleinen, leicht zerknüllten Plastikhülle. „Vielleicht gehört das zu eurem undurchsichtigen Fall. Seid ja Gesprächsthema Nummer Eins das ganze Wochenende gewesen. Mordkommission ohne Leiche."

Dabei prustete er ohne Ende, bis rote Flecken sein Gesicht kennzeichneten. Kaum beendete er seinen Satz, drückte er Kartl den Beutel in dessen Hände. Schwupps drehte er sich auf der Stelle um und weg war er.

„Was für ein Auftritt", kommentierte Kartl den überfallartigen Besuch.

Völlig verblüfft riskierten sie einen Blick auf den Fund. Schwach erkannten sie einen glitzernden Gegenstand. Wie das Stück eines Anhängers. Silbern, mit feinen Gliedern gearbeitet.

Ihr Atem stockte.

Sofort erfasste ihr geschultes Auge den gravierten Buchstaben. Ein kleines R.

„Verdammt", schrie Kartl mit voller Kraft, „da spielt jemand ein scheiß Spiel mit uns." Beinahe erzitterten die Fensterscheiben im Bariton seiner Stimme.

Vorsichtig drehte Max sein Antlitz ein wenig in die Richtung seines Chefs. *So wütend. Das ist selten.* Er nahm Beschlag von dem Tütchen, bevor es noch Schaden erlitt. Seine Aufmerksamkeit widmete er dem Teilstückchen.

„Passt wie die Faust aufs Auge. Der Zwilling von gestern. Aber schau mal. Eine Seite ist glatt. Da hat sich jemand die Mühe gemacht, es sauber zu trennen. Pure Absicht, glaube ich."

„Du hast Recht, irgendein Spinner mit seinen perversen Vorstellungen, an denen er uns unbedingt teilhaben lassen will."

Ungläubigkeit breitete sich in ihrem Dienstzimmer aus. Zu keinem Zeitpunkt ihrer Dienstjahre vermochten sie sich an einen ähnlichen Fall zu erinnern.

„Ich bringe es ins Labor", sprach Max, verließ schnell den Raum, bevor sein Chef noch etwas erwidern konnte. Kartl schritt derweil ans Fenster, um es zu öffnen. Er benötigte dringend Raum zum Atmen. Sonst erstickte er hier. Tief saugte er die kalte Morgenluft in seine Lungen. Sehnsüchtig betrachteten seine suchende Augen den grauen Himmel, der über der Stadt lagerte. *Was ist hier passiert? Gibt es einen Verrückten, der jemanden entführt hat? Oder schon ermordet? Setzt uns jemand mit Absicht auf eine falsche Fährte?*, überlegte er mit wachem Blick über die weißen Dächer von Forchheim.

Drei Buchstaben. C, h, r. Aber welche Bedeutung beinhaltet sie? Stammen die Stücke vom Opfer? Vom Täter? Christine, Christiane, Christel oder doch Christoph, Christian - welcher Name verbirgt sich dahinter?

Kartl schüttelte energisch sein Haupt. „Lasse mich doch nicht aus der Spur von dir werfen. Dich bekomme ich", flüsterte er. „Was willst du?", brüllte er zum Abschluss aus dem geöffneten Fenster hinaus.

Der Tag verging rasend schnell. Besprechungen, Nachforschungen, Untersuchungen, das ganze Programm Punkt für Punkt abgearbeitet.

Der zweite Teil des Armbandes passte wie vermutet zum ersten Fundstück. Zudem zogen sie die Möglichkeit in ihre Überlegungen mit hinzu, einen Profiler in die Geschichte zu integrieren.

Gemeinsam beschlossen sie jedoch, die nächsten Tage abzuwarten. Zu dürftig erwiesen sich zu diesem Zeitpunkt die Verdachtsmomente für ein Gewaltverbrechen. Ein kaputtes Armband, manipuliert, erlaubte nicht die Vermutung einer schrecklichen Tat. Geschweige denn, dass sie einen Mord der Öffentlichkeit skizzierten. Gefühlsmäßig empfanden sie etwas anders. Leider zählten diese Werte bei Richtern und Staatsanwälten weniger als vorzuweisende Aufklärungsquoten.

Mit den letzten Sonnenstrahlen des Tages läutete auch für beide Kommissare die Feierabendglocke. Der graue Himmel verschwand langsam und übergangslos in beruhigende Dunkelheit. Einzelne Sterne eroberten der Reihe nach das weite Nachtfirmament. Schwarzes Zwielicht beherrschte die Straßen und Gassen der Kleinstadt.

Beim Verlassen der Dienststelle überlegte sich Kartl die Ausgestaltung des restlichen Tages. Welch ein Segen, dass er alleine lebte. Einmal verheiratet, reichte ihm völlig. Zufriedenheit durchströmte seinen Körper. *Mist, heute ist Montag,* stellte er enttäuscht fest.

Sein neues, lieb gewonnenes Lokal in Ebersbach gönnte sich einen Ruhetag. Innerlich unschlüssig brach er ziellos auf. Das Gefühl der Hilflosigkeit verschwand einfach nicht aus seinem Körper.

***

Übertrumpft wurde das Zwielicht nur von einem Schatten, der sich anschickte, besonders düster und geheimnisvoll zu wirken. Sein intimes Geheimnis verbarg er in der Unsichtbarkeit der Nacht.

Vorsichtig, aus guter Entfernung, die Situation immer im Auge behaltend, konzentrierte er sich auf seine Aufgabe. Mit geschicktem Verhalten und angespannter Konzentration verfolgte er aufgeregt die Zielperson in einem dunklem Wagen.

***

Kurz hinter Forchheim ein Griff an den CD-Player, und Kartls Gefühlszustand versetzte sich Meter für Meter in perfekte Harmonie. „Max weiß gar nicht, was es für schöne Musik gibt", flötete er leise, bevor er sich Peter Tschaikowskis *Rokoko-Variationen, op. 33, in der Bearbeitung für Viola und Orchester, hingab.*

Er tauchte ein in die entspannte Klangwelt, trieb voran, bis wie von Geisterhand geführt sein Wagen das Forchheimer Tor im Ort Neunkirchen passierte.

Oh, bemerkte er erstaunt. Selbstständiges Handeln meines Unterbewusstseins?

Ankunft gleiche Straße, gleicher Parkplatz, wie am Freitag. Die Musik erstarb mit dem Abstellen des Motors und abrupt endete Kartls innerliche Zufriedenheit. Der Fall nahm ihn wieder in Beschlag mit dem Ankommen am Dreh- und Angelpunkt des Schreis.

Hier begann alles. Welches Rätsel sollen wir lösen?, fragte er sich. Aufmerksam schweifte sein Blick über die vertraute Umgebung.

Wieder steuerte er auf den *Zehntplatz* zu, links am Brunnen vorbei, um die Ecke herum und die kleine, fast unheimlich wirkende Gasse hindurch. Kreuzte die schmale Querstraße, lief über das hintere Kirchengelände mit dem schönen alten Kopfsteinpflaster. Weiter zwischen der Kirche und dem alten Rathaus hindurch, bis er auf die kleine Kapelle am Ende des Weges stieß.

Richtig schön anmutig ist es hier in der Nacht, fühlte er, bevor er schließlich vor der Gaststätte *Zur Alten Post* stand. Zarter Lichtschein hinter den geschmückten Fensterscheiben des Fachwerkhauses erregte sein Interesse. *Ein Lokal, das am Montag geöffnet ist?*, überlegte Kartl. *Was für eine freudige Ausnahme.*

Der Magen signalisierte ihm just in diesem Moment, dass er großen Hunger verspürte. Zielstrebig suchte er das Innere der Gaststätte auf und wählte einen Platz am Fenster mit Blick auf die vorbeiführende Hauptstraße, die sich durch den Ort schlängelte. Eine freundliche Bedienung reichte ihm die Speisekarte, er bestellte ein alkoholfreies

Weizen und begann, die zahlreichen Gerichte der Karte zu studieren. Kartl, Liebhaber der fränkischen Küche, zeigte sich anfangs enttäuscht darüber, dass er ein griechisches Lokal gewählt hatte. *Also gut, auch recht,* bemerkte er unnötig unsicher für sich.

Das langwierige Auswählen lenkte seinen Blick so ab, dass er gar nicht registrierte, was sich vor seinem Fenster abspielte.

***

Ein Schatten bewegte sich rasch fort auf der anderen Straßenseite des Lokales. Duckte sich, schnell huschend, kaum sichtbar. Immer wieder glitt er vereint mit der Nacht vorbei und spähte hinüber zum Fenster der griechischen Taverne.

***

In der Zwischenzeit favorisierte und orderte Kartl für sich eine Gyrosplatte. „Es muss ja nicht immer Schäuferle oder Schweinebraten sein", sprach er zu sich und grinste dabei ziemlich vergnügt.

Die nächsten zwei Stunden vergingen wie im Fluge. Zuerst das Essen, danach ein kleiner Plausch mit der Bedienung, gefolgt vom Wirt. *Ach wie schön das Leben sein kann,* frohlockte Kartl.

Auch wenn die Freude nur für einen Moment in seinem Leben einkehrte.

Kurz vor 22 Uhr bezahlte er, schnappte sich seinen Mantel und trat der kalten Märzluft entgegen. Doch schon beim ersten Tritt, den er behutsam auf den Gehsteig vor der

Gaststätte setzte, lief ein kalter Schauer über seinen Rücken. Auf dem Boden lag der Teil eines Armbandes. Sein Gehirn offenbarte ihm sofort, was dies zu bedeuten hatte. „Verflucht, da nervt jemand gewaltig", schimpfte er voller Besorgnis.

Schnell zog er einen Beutel aus der inneren Tasche seines Mantels. Vorsichtig mit einem Taschentuch in seiner Hand hob er das Fundstück auf, um es näher zu betrachten.

„Werde ich beobachtet, beschattet?", flüsterte er dabei leise für sich.

Kein Zweifel, das Teil ist identisch mit den beiden davor gefundenen, bemerkte er.

Er konnte ein kleines E erkennen. Erneut gekennzeichnet durch eine fein säuberlich abgetrennte Kante. „Jetzt platzt mir aber bald der Kragen", fluchte Kartl verärgert.

Vorsichtig transportierte er das Beweisstück zum Auto, fuhr nach Forchheim, wo es anschließend im Labor der SpuSi landete.

Müde und ausgelaugt begab sich Kartl endgültig auf seinen Nachhauseweg. Daheim angekommen, sein Bett schrie förmlich nach ihm, schlummerte er wenig später unruhig ein. Immer wieder tauchte ein lachendes aber verzerrtes Gesicht vor seinen geschlossenen Augen auf. Schweißgebadet wachte er auf. *Das darfst du nicht zulassen, dass der Fall dich im Traum verfolgt,* kam es ihm in den Sinn. Er sammelte sich und fand alsbald noch ein paar Stunden Schlaf.

Kapitel 4

Dienstag, 11.05 Uhr.

Der vierte Tag nach dem Schrei in der Nacht zum Freitag stellte die Menschen weiter auf eine harte Geduldsprobe. Ein feiner Sprühregen überzog dank der vorangegangenen kalten Stunden die Landschaft mit einer gleichmäßigen Eisschicht. Staus und Behinderungen auf den Straßen und Gehwegen beherrschten die Morgenstunden. Auch Max erreichte erst sehr viel später als geplant seinen Arbeitsplatz.

„Guten Morgen, hast du es endlich geschafft?", begrüßte ihn Kartl sehnsüchtig beim Betreten des gemeinsamen Büros.

„Auch guten Morgen. Ich kann dir sagen, da draußen geht die Post ab. Das reinste Chaos. Hätte lieber meine Schlittschuhe nehmen sollen."

„Aber jetzt bist du ja Gott sei Dank da", stellte Kartl erleichtert fest, während sein Partner Platz nahm und einmal tief durch schnaufte. „Ich habe heute Nacht nicht so gut geschlafen, darum bin ich schon vor dem Eisregen hier angekommen."

Er zögerte kurz. „Stell dir vor, was mir gestern Abend passiert ist."

„Keine Ahnung. Aber es klingt geheimnisvoll."

„Ursprünglich wollte ich nach Ebersbach. Aber da das Lokal Ruhetag hat, bin ich in Gedanken weitergefahren.

Am *Zehntplatz* in Neunkirchen ist die Endstation meiner Fahrt gewesen", schmunzelte Kartl.

Max musste lachen. „So stell ich mir das vor. Unterzucker, geistiger Blackout durch entgangenes Essen."

„Übertreib nicht. Ich bin ausgestiegen und schlich ein wenig an den Straßen und Häusern entlang. Um diese Zeit vermittelt die eine oder andere Ecke einen doch recht idyllischen Charakter. Zum Schluss meiner Tour stehe ich urplötzlich vor einem zu meinem großen Vergnügen sogar geöffneten Lokal."

„Jetzt lass mich raten. Du bist Essen gegangen."

„Ja", frohlockte Kartl mit einem Grinsen im Gesicht.

„Wahnsinnig aufregend. Sehe schon die Schlagzeile: *Mein Abenteuer in der Gastro-Szene – Kommissars Kartls persönliche Essensbilanz.*"

Kartl ließ sich nicht beirren und fuhr mit seinen Ausführungen fort. „Ein Grieche, aber lecker", erläuterte er sein Urteil. „Irgendwann musste ich ja zahlen und gehen", zog er mit belustigten Augen sein Erlebtes absichtlich in die Länge.

„Komm zum Punkt", ermahnte ihn Max, aber besonders ernst klangen diese Worte nicht.

„Ich steh auf, ziehe meinen Mantel an und bin gedanklich schon auf meinem Sofa zuhause. Voller Sehnsucht trotte ich zum Ausgang, öffne die Eingangstür, als mir ein kalter Schauer über den ganzen Körper gelaufen ist."

Max hing gespielt gebannt an seinen Lippen.

„Ich befinde mich schon fast auf dem Gehweg draußen, da fällt mir sofort der silberne Gegenstand am Boden auf. Du wirst es nicht glauben."

Max´ Neugierde wirkte nun echter. „Was, Chef? Lass mich raten. Ein weiteres Teil unseres Armkettchens ist dir untergejubelt worden."

„Du bist ein Spielverderber." Kartl verdrehte dabei seine braunen Augen. „Du hast mir die ganze Spannung genommen. Aber du hast Recht, es war so. Als ich es aufhoben habe, fiel mir sofort die Gravur ins Auge. Ein neuer Buchstabe. Ein kleines E. Hier ein Foto davon, was das Labor bei der Untersuchung heute morgen schon gemacht hat." Mit diesen Worten reichte er es ihm hinüber. Max blickte sehr nachdenklich darauf. „Was hältst du davon, wenn wir dich ab jetzt beschatten lassen?", bemerkte er schließlich.

„Halte das im Moment nicht für eine gute Idee. Derjenige ist doch nicht blöd und rechnet nur damit. Ich halte meine Augen und Ohren offen."

„Wie du meinst. Auf jeden Fall ist mir das nicht geheuer. Im nächsten Schritt geht er dir an die Gurgel und dann?"

„Glaube ich nicht. Aber danke für deine Fürsorge."

„Was haben wir jetzt alles für Buchstaben?"

„Ein großes C und ein kleines H, der Anfang sozusagen, sowie ein R und ein E, jeweils klein."

„Cher. Hat was. Schöner Frauenname. Zeig mal die beiden anderen Fotos", bat Max.

Kartl reichte ihm diese hinüber und nach einer kurzen Beobachtung fuhr Max fort. „Schau, der rechte Teil vom Kettchen ist noch nicht komplett, da fehlt noch der Ansatz der Kette. Somit haben wir noch nicht alle Teilchen und es gibt vielleicht noch weitere Buchstaben. Warten wir es ab, ob Cher eine Variante ist."

„Ja, vielleicht zu einfach", entgegnete Kartl. „Wir müssen uns jetzt überlegen, wo wir weiter ansetzen. Vielleicht doch einen Aufruf in der Zeitung starten? Ich will das Ganze aber auch nicht zu hoch hängen."

„Und wenn wir den Spieß umdrehen und in die Offensive gehen? Einfach ein wenig fantasieren? Von Mord oder Entführung reden und vielleicht jemanden ins Schwitzen bringen?", warf Max ein.

„Ich weiß nicht, ich will vermeiden, dass das Ganze als Bumerang zurückkommt. Dass wir wie die Deppen dastehen oder Panik aufkommt. Testen wir doch mal die Reaktionen in der Zeitung, wenn wir unser Anliegen mit einem Bild der gefundenen Teile schildern. Ob sie jemand kennt."

„Gute Idee. Ich ruf gleich mal bei denen an. Wie hieß der Typ von der Lokalredaktion nochmal?"

„Gruber, kann ich mir deshalb merken, weil ich da immer an die Monika Gruber denken muss. Frag mich nicht warum", schallte es lachend im Büro. „Kennst du Sie? Eine wunderbare bayerische Kabarettistin."

„Nein, ich kenne sie nicht!" Aber Max ließ sich von der guten Laune anstecken. Beschwingt durchforschte er den Computer nach der Telefonnummer, um den Kontakt mit der Tageszeitung herzustellen.

Wenig später meldete sich Herr Gruber am anderen Ende der Leitung.

„Hallo Herr Gruber, hier Kriminalhauptmeister Max Neuner von der Kripo Forchheim. Wie geht´s? Wir haben ein Anliegen und würden gerne bei Ihnen im Büro vorbeikommen. Wann passt es denn heute?"

Kartl bekam mit, dass die Gegenseite antwortete, denn sein Partner legte wenig später mit den Worten „Bis dann" auf.

„Sepp, um 13 Uhr in der Lokalredaktion Forchheim der Nordbayerischen Nachrichten."

„Alles klar", erwiderte dieser. „Was meinst du, wo finden wir noch Hinweise?"

„Wir haben ja die eine oder andere Idee, aber in der Umsetzung stockt es noch gewaltig", resümierte Max.

„Ja, ich weiß. Du meinst die Möglichkeit meiner Beschattung. Aber lass mal. Er spielt mit uns, also willigen wir in seine Regeln ein. Lass ihn sich in Sicherheit wiegen und wir schlagen zu, wenn er in die Enge getrieben wird. Solange wir nicht mehr Informationen in der Hand haben, geschweige ein Motiv, wird es schwierig, mehr Handlungsbedarf an den Tag zu legen. Vergiss nicht, wir haben noch keinen bewiesenen Mordfall."

„Wo sollen wir dann ansetzen?"

„Nehmen wir mal alle in Freiheit befindlichen ehemals verurteilten Mörder, Sexualstraftäter und sonstige in Frage kommenden Verbrecher in die engere Wahl und statten ihnen morgen einen Besuch ab. Alle, die im Moment in Frage kommen, aufgrund eines Freigangs, vorzeitiger Entlassung usw."

„Das ist eine gute Idee."

„Ansonsten halten wir es wie bei einem Rätsel. Viele Fragen und nicht immer fällt einem die Antwort dazu ein. Wer bist du? Ein Psychopath, ein Sexualstraftäter, ein Abartiger? Wer ist das Opfer? Keiner vermisst jemanden. Gibt es ein Opfer? Wenn ja, wohnt sie hier? Eine Fremde, aus dem Ausland? Menschenhandel? Wo steckt sie jetzt? Tot? Noch am Leben?"

„Stopp, ich gebe mich geschlagen," unterbrach Max den Redefluss.

Grübelnd vertiefte sich Kartl nach dem Dialog in seine Gedanken, während Max die Protokolle der Anrufer nochmal verinnerlichte.

„Auf jeden Fall versucht jemand die Polizei für eine Komödie zu benutzen", meinte Kartl schließlich. „Aber das lassen wir nicht zu. Komm, wir machen uns auf den Weg zum Gruber. Vorher bestellen wir noch die Liste für morgen."

Zielstrebig bewegte er sich zu seinem Mantel, der achtlos über einen leeren Stuhl hing.

„Alles klar, Chef."

Mittlerweile war es 12.25 Uhr.

Kartl prüfte noch schnell, ob sich die benötigten Fotos in seiner Manteltasche befanden. *Ja nichts vergessen.*

Kapitel 5

Geschäftiges Treiben kennzeichnete den Innenstadtbereich, durch den die beiden Kommissare zu ihrer Verabredung schritten. Knapp fünfundzwanzig Minuten Entfernung zu Fuß.

„Komisch", sagte Kartl zu seinem Partner, „anscheinend arbeitet heute keiner, wenn man all diese Leute so beobachtet."

„Ja, wir sind die Deppen. Wie ungerecht die Welt doch ist." Lustig fand das keiner von ihnen.

Überhaupt erheiterte sie gerade nichts. Zu tief war ihre innere Zerrissenheit, weil ein Unbekannter alle an der Nase herumführte.

Schnellstmöglich erreichten sie gegen 13 Uhr das Gebäude der örtlichen Tageszeitung.

Kartl Puls befand sich kurz vorm Anschlag. „Warte mal kurz, bevor wir reingehen. Ich brauche Luft."

„In Ordnung, Chef", lachte Max laut, „sollten wir öfter machen, damit du fit wirst."

„Mach dich nur lustig. Als ich so jung war, ging es mir auch viel besser."

„Mein ja nur, ein paar Kilo weniger könnten dir nicht schaden."

„Ist nicht so einfach, dass umzusetzen. Dazu esse ich viel zu gerne", entgegnete Kartl schlagfertig.

Nach einer kurzen Verschnaufpause betraten sie das Verlagsgebäude. Den Weg in die Lokalredaktion kannten sie, denn bei Herrn Gruber waren sie schon ein paar Mal im Laufe der letzten Jahre gewesen.

„Meinst du, der ist immer noch so mies drauf wie bei den letzten Begegnungen?", rätselte Kartl und stieß Max sanft in die Seite, dass dieser leicht ins Straucheln geriet. „Hast draußen gerade überschüssige Kraft getankt?", unkte er zurück.

Wenig später saßen sie im Büro des Ressortleiters. Zweckmäßig eingerichtet, keine teuren Möbel, ein überfüllter Schreibtisch, eine große Regalwand dahinter. Drei Landschaftsbilder an den Wänden und ein großer Elefantenbaum vollendeten das ganze Inventar. In einer kleinen Besucherecke, gleich in der Nähe des Eingangs, fanden sie sich alle wieder. Um einen runden Tisch herum. Nach den üblichen Begrüßungsfloskeln eröffnete Kartl ihr Anliegen. Sein Gegenpart spitzte schon mit gelangweilter Miene zu ihnen rüber.

„Herr Gruber, wir sind hier, weil wir verschiedene Teile eines Armkettchens gefunden haben. Ein Rätsel für uns. Und da entstand der Gedanke, Sie zu bitten, ein diesbezügliches Foto im Lokaltal zu veröffentlichen."

Herr Gruber rückte mit seinem Oberkörper weit nach vorne und blickte ihn voller Abneigung an. „Sie stehlen mir meine Zeit mit einem billigen Foto? Das nenne ich mal dreist. Meinen Sie, ich habe nicht Besseres zu tun, als der Polizei bei Fotosuchspielen zu helfen?"

Kartl setzte gerade zum Kontern an, da spürte er einen Tritt gegen sein Schienbein. Sein Partner Max mahnte ihn damit zur Rücksichtnahme. *Ja ist gut,* dachte er sich, und warf ihm einen verstehenden Blick zu. „Hören Sie zu, Herr Gruber! Es ist ganz einfach. Sie veröffentlichen das Foto mit einer kleinen Überschrift und unserer Telefonnummer und schon sind wir wieder weg."

„Und wenn nicht bleiben Sie über Nacht?", entgegnete Gruber wenig belustigt.

„Viel schlimmer, wir gehen zur Konkurrenz, zum *Fränkischen Tag* und erzählen die tolle Kooperation mit Ihnen. Ein gefundenes Fressen für die, oder?"

„Das ist Erpressung", erboste sich der Lokalchef.

„Nein, nur der Versuch, Ihnen klarzumachen, das wir es ernst meinen."

„Gibt es irgendeinen Hinweis auf ein Verbrechen?", schmollte sein Gegenpart.

„Vielleicht!" Kartl spielte mittlerweile mit ihm.

„Unter einer Bedingung."

„Die wäre?"

„Wenn hinter Ihrem angeblich so wichtigen Foto mehr dahinter steckt, bekomme ich die Exklusiv-Geschichte."

„Aber nur, wenn Sie sich an unsere Absprache halten", mischte sich Max in das Gespräch ein. „Keine Fantasien in den Artikel reinlegen, nur die Sachlage schildern, keine Hinweise auf irgendein Verbrechen geben. Dann sind wir im Geschäft."

Zerknirscht stimmte Gruber zu, in der Hoffnung, eine gute Story im Abgang zu bekommen. Sie hinterließen ihm ein passendes Foto, gespannt darauf, in welcher Aufmachung der Artikel morgen im Blatt erscheinen würde.

Wehe, wenn eine reißerische Schlagzeile das Foto zieren würde! „Mörder hält die Polizei zum Narren", oder „Forchheimer Polizei jagt ein Gespenst", noch besser „Immer einen Schritt voraus - nur die Polizei nicht". Obwohl ja noch nicht ansatzweise bewiesen war, dass überhaupt eine Straftat vorlag.

Mit dem kleinen Funken Hoffnung verließen sie das Verlagsgebäude.

„Gönnen wir uns eine Kaffeepause?", fragte Kartl seinen Partner.

„Ja, gerne", kam als Antwort zurück.

Somit setzen sie sich in Richtung heimischer Fußgängerzone in Bewegung.

„Schon interessant", fing Max das Philosophieren an. „Jeder sucht seinen Partner heute im Internet. Über Dating-Lines, Foren. Dabei läuft die Ware direkt vor den Augen der Leute. Aber keiner nimmt sie wahr. Lauter fesche Madla und Boum. Zumindest die jüngeren." Ein schelmischer Ausdruck überlagerte sein vom Skifahren gebräuntes Gesicht.

„Na, na", tadelte ihn Kartl, „siehst du, du kannst darüber lachen, die hier alle nicht. Schau sie dir an. Kein Blickkontakt, kein Aufschauen, kein Lächeln, wenn sie sich begegnen. Wie reißt du eigentlich deine Freundinnen auf?"

„Auf die altmodische Art. Wenn mir eine gefällt, spreche ich sie an. Bisher habe ich keine Probleme damit gehabt. Meine neue Flamme allerdings ist mir sozusagen direkt auf die Brust gesprungen."

„Ups, wie das?"

„Na ja, ich bin die Piste beim Skifahren hinab gewedelt und bei einem Rechtsschwung ist sie volle Kanne in mich hineingebrettert. Passiert ist nichts, aber als ich in ihre Augen blickte, ist mir das Herz stehen geblieben."

„Hast dich verliebt?"

„Glaube schon. Und stell dir vor, sie kommt aus Bamberg. Ist nicht so weit weg von mir. Aber ob sie meine Dienstzeiten mag? Keine Ahnung."

„Glaub mir, wenn es die Richtige ist, hat sie Verständnis dafür."

„Ja, ja, du sprichst aus Erfahrung", neckte er ihn.

„Es hat keiner gesagt, dass die Liebe einfach ist."

Sie erreichten ein kleines Café und nach dem Ordern ihres Kaffees nahmen sie an einem der Tische vor der großen Panoramascheibe mit Blick auf die Fußgängerzone Platz.

„Schau, wie wir schon geurteilt haben. Alle in sich verbohrt", äußerste Max zufrieden.

Bevor sein Chef jedoch antworten konnte, erweckte der Klingelton des Diensthandys seine Aufmerksamkeit. „Ja, was gibt es?", brüllte er hinein, so dass es auch der Letzte in der hintersten Ecke des Raumes wahrnahm.

Max verstand nur noch Mmhh und Schweigen im Wechsel, bis er das Telefonat beendete.

„Idioten", brummelte Kartl.

„Was ist passiert?"

„Wir müssen los. Ein Leichenfund in der Schwabach bei Buckenhof. Die Kollegen von der Mordkommission in Erlangen meinten, es könnte uns interessieren. Aber sag mal, sind alle verrückt geworden? Immer diese blöden Kommentare. *Wir haben eine Leiche für euch. Ihr braucht ja noch eine.* Steht das in jeder Dienststelle am Schwarzen Brett?" Verärgert verdrehte er seine Augen und sein Gesicht färbte sich purpurrot.

„Lass dich nicht verrückt machen. Sieh es positiv. Vielleicht kommen wir durch die Aufmerksamkeit unserer Kollegen einen Schritt voran."

Aber Kartls Laune besserte sich dadurch nicht im Geringsten. Denn zu seinem Überfluss erwartete ihn ja erst noch der Fußmarsch zurück zur PI. Und das ohne Kaffee, der nun in den Bechern verweilte. Die Höchststrafe.

„Kannst dich voll austoben, bis wir da sind", zog ihn
Max auf.
Voller Wut stürmte Kartl vorne weg und dieses Mal hinkte
sein Partner hinterher. Bis ihm sprichwörtlich die Luft
ausging. Max holte ihn somit schnell wieder ein. „Besser?"
„Besser!", worauf beide ausgiebig ihr Zwerchfell bedienten.

Nach der notwendigen Ruhephase ging es die letzten
Meter gemächlicher dahin, bevor sie mit dem Auto auf dem
schnellsten Weg, vorbei an der verschneiten Landschaft,
nach Buckenhof düsten.
Nur die grelle Nachmittagssonne, die ihm beim Blick
aus der Windschutzscheibe blendete, nervte Kartl bei der
Fahrt. „Heute verschwört sich aber alles gegen mich."
Max zog es dieses Mal vor, sich im Stillschweigen zu üben.
Der Feierabendverkehr ließ noch auf sich warten und so
erreichten sie bequem nach dreißig Minuten den Einsatzort
ihrer Kollegen vom Landkreis Erlangen-Höchstadt. Von
weitem sahen sie schon die Blinklichter der Einsatz- und
Rettungsfahrzeuge.
Nach dem Abstellen des Wagens wandten sie sich an den
nächsten Beamten, der das Gelände absperrte. „Hallo,
Kartl und Neuner von der Kripo Forchheim."
„Die Herren", entgegnete dieser, „der Prantl wartet schon
auf euch. Dort lang", und deutete mit seiner Hand Richtung
Flussufer.
„Alles klar", sprach Kartl. „Der Prantl, schau mal an.
Ewig nicht gesehen."
„Kennst ihn?"
„Ja, ein alter Spezi von mir. Ich glaube, ist jetzt schon
zwei Jahre her."

Währenddessen trafen sie in der Nähe vom Fundort des Leichnams ein, wie sie eindeutig der Szenerie entnehmen konnten. Überall Absperrbänder, ein Schlauchboot der Wasserwacht am Uferrand, zwei Taucher, die sich von ihren Anzügen befreiten. Rundherum jede Menge Polizisten der SpuSi und mittendrin der Doc, der sich gerade über etwas beugte und anscheinend Untersuchungen ausführte. Je näher sie diesem Ort kamen, umso mehr stieg ihnen ein unangenehm verfaulter Geruch in ihre Nasen.

Seltsam, ging es Kartl durch die Sinne, *hier bin nicht ich der Chef im Ring. Ein komisches Gefühl, es mal so zu erleben.* Kurz darauf erblickte er seinen alten Freund. „Mensch Prantl, was für eine Überraschung."

„Hallo Sepp, wie lange ist´s her?" Herzlich umarmten sie sich.

„Schon eine Ewigkeit. Wir müssen mal wieder ein Bier zusammen trinken. Darf ich dir vorstellen. Mein Partner Max Neuner."

„Angenehm, Michael Prandlhuber, aber alle nennen mich nur den Prantl. Das mit der Kneipe machen wir. Nun zum unangenehmen Moment des Tages." Mit seinem rechten Arm deutete er zum Fluss hinunter. „Wir haben eine Frau aus der Schwabach gezogen. Sie hat sich unter dichten Zweigen und Ästen im Wasser verhakt. Erst als der Wasserpegel zurückgegangen ist, bemerkte sie ein Spaziergänger und hat uns dann verständigt."

Mit einem Blick auf Kartl fuhr er fort. „Dich habe ich dazu gerufen, da bei uns auf der Dienststelle das Gerücht herumgeht, ihr könntet eine Leiche gebrauchen." Dabei klopfte er ihm voller Freude auf die Schultern.

„Das kostet dich die erste Runde", nahm ihn darauf Kartl in die Pflicht und musste dreimal schlucken, damit das

Schimpfwort auf seiner Zunge seinen Rachenraum nicht verließ. „Weißt du schon was Näheres?"

„Nein, nur dass sie weiblich und jung ist. Ein schöner Anblick ist es nicht."

„Das glaube ich dir. Für uns ist es wichtig, wie lange sie schon tot ist."

„Da können wir gleich mal den Doc fragen. Kommt mit." Sie bewegten sich ein paar Schritte näher dem Wasser zu. „Heinz", rief Prantl in Richtung des Rechtsmediziners, „kannst du schon irgendetwas über den Todeszeitpunkt sagen?"

Dieser blickte erstaunt auf die umstehenden Beamten. „Noch einer mehr von euch und es schaut nach Meuterei aus. Aber Spaß beiseite. Ihr seid das mit der verlorenen Leiche?", deutete dabei Richtung Kartl und Max und kam ihnen ein paar Meter entgegen.

Bevor diese jedoch einen Einwand streuen konnten, fuhr der Arzt mit seinen Erläuterungen fort. „Habt ihr vorher schon mal eine Wasserleiche gesehen? Will ich euch ersparen. Ein grauenvoller Anblick, alles aufgequollen, unförmig und zerbeult, ein sich zersetzender Körper. Die Haut löst sich vom Fleisch wie ein schrumpeliger Gummihandschuh, schreckliche Verfärbungen verunstalten alles, was einst ein intakter Leib gewesen ist." Ein paar Fliegen umschwirrten seinen Mund, sodass er kurz unterbrach.

„Im Unterschied zu Toten, die an Land gefunden werden, stellen Wasserleichen die Forensik noch immer vor große Probleme. Am und im Körper lassen sich kaum Anhaltspunkte finden, die auf Zeit und Ursache des Todes schließen. Hier bei unserer Leiche ist der Prozess noch nicht so schnell fortgeschritten. Dank der niedrigen Wassertemperatur."

„Was heißt das jetzt?", fragte Max ziemlich erschlagen
von den Worten.

„Dass ich mir zwar nicht ganz sicher bin, aber diese Leiche
liegt schon länger im Wasser wie eure, die ihr noch nicht
gefunden habt." Schmunzelt blickte er in die Gesichter der
anwesenden Beamten. „Es hat schon die Hautablösung
eingesetzt. Also mindestens zwei Wochen, würde ich
vermuten. Aber letzte Gewissheit gibt es erst später. Ich
bin Arzt und Pathologe und bei einer Wasserleiche bedarf
es oftmals der Hilfe eines Anthropologen. Das heißt, im
Extremfall muss ich das Kriminallabor in München mit
hinzuziehen."

„Das ist aber schade", frohlockte der Prantl, „dann geht
ihr ja wieder leer aus."

Auch wenn es dem Ort einem unpassenden Charme
versetzte, eine allgemeine Heiterkeit ließ sich nicht
unterdrücken.

„Komm Max, wir fahren wieder. Ist mir zu viel gute Laune
hier. Prantl, danke dir. Würde mich freuen, wenn das mit
dem Bier klappen würde."

„Alles klar, bis dahin."

„Das ist der perfekte Metzgersgang", ereiferte sich Kartl
während der Rückfahrt zum Präsidium.

„Ein was bitte?"

„Kennst das nicht?"

„Nein, nie gehört."

„Das ist, wenn man irgendwo umsonst hinfährt, wie wir
es gerade getan haben. Ein alter überlieferter Begriff. Im
18. Jahrhundert sind die Metzger oft vergebens zu den
Bauern wegen dem Erwerb von Schlachtvieh unterwegs
gewesen."

„Du bist mir ja ein ganz Schlauer", unkte Max, „fast würdig
für *Wer wird Millionär*."
„Ja, aber ob das Geld reichen würde, um keine Leichen
mehr zu suchen?", grinste Kartl zurück.

Mit dem letztem Licht des Tages erreichten sie ihre
Dienststelle.
„Hast du eine Idee, was wir noch unternehmen können?",
fragte Kartl seinen Partner.
„Auf jeden Fall morgen die Liste der verdächtigen Personen
abarbeiten, die noch aussteht. Wenn unser möglicher Täter
allerdings ein bis dato unbeschriebenes Blatt ist, erschwert
dies gewaltig unsere Suche. Außer er begeht einen Fehler,
der uns in die Karten spielt. Wir wissen ja noch nicht mal,
ob es ein Opfer gibt. Obwohl, mein Gefühl sagt mir, der
Fall hat irgendwas Bizarres an sich. Hoffentlich erleben
wir nicht ein böses Erwachen."
„Das wäre unschön. Lass uns noch beim Günther im Labor
vorbeischauen. Vielleicht ist er noch da. Die Liste für
morgen liegt hoffentlich schon auf unserem Schreibtisch.
Die hole ich später noch."
Zielstrebig bewegten sie sich schnellen Schrittes ins
hausinterne Untersuchungslabor. Und als wäre es ihr
Glückstag weilte Günther noch an seinem Arbeitsplatz.
Düsteres Licht, gepaart mit gedämpfter Hintergrundmusik,
empfing die beiden Kommissare.
„Mensch Günther, das ist ja die perfekte Atmosphäre für
ein Candlelight-Dinner, wenn dieser komische Geruch
nicht wäre," begrüßte ihn Kartl. *Ich kenne ihn jetzt schon
so lange und eigentlich weiß ich gar nichts über ihn,* überlegte
er noch im gleichen Moment.

„Ihr habt mir gerade noch gefehlt. Wollte eben Feierabend machen."
„Wir sind auch gleich wieder weg. Gibt es irgendetwas Neues?"
„Leider nein, alles sehr unbefriedigend, ich weiß. Doch nirgends auch nur eine brauchbare, verwertbare Spur. Da ist jemand sehr vorsichtig. Aber ich glaube an eure Theorie, dass etwas passiert sein kann. Wahrscheinlich als Einziger hier im Haus." Ein kleines, süffisantes Lächeln spiegelte sich auf seinen Lippen wider.
„Danke dir und einen schönen Abend. Melde dich, falls du noch was findest." An Max gerichtet sprach er weiter.
„Komm, wir machen auch Feierabend. Bringt nichts mehr heute."
„Alles Roger."

So beendeten sie den erfolglosen Tag, fuhren nach Hause, luden ihre Akkus wieder auf, um gerüstet zu sein, für alle Wendungen des Falles, die noch anstanden.
Kartl grübelte noch lange auf seinem Sofa über ihre dürftigen Ergebnisse, ihrer Strategie nach. *Ist sie richtig? Habe ich irgendetwas übersehen?*
Schwaches, düsteres Licht fiel durch sein Fenster hinunter auf die Anwohnerparkplätze.

***

Der Schein alleine reichte nicht aus, um den Schatten widerzuspiegeln, der draußen sein Unwesen trieb. Er bewegte sich geschmeidig über den Parkplatz hinweg. Von einem Auto zum anderen, immer eins sein mit ihnen.

Völlig schwarz gekleidet gestaltete es sich schwer, ihn wahrzunehmen. Nur manchmal blitzte das weiße Innere seiner Augen hervor. Eine Zeitlang verbrachte er so im Schutze der Unkenntlichkeit. Bis er frühmorgens an den Hauswänden entlang durch die Gassen in die Weite der Nacht hinaus glitt.

***

Kartl, der zu dieser Zeit längst tief und fest schlief, kämpfte sich tapfer durch das Reich der Träume. Bei der Jagd nach den Verbrechern, den bösen, verwirrten Seelen. Zumindest hier brachte er sie mit der höchstmöglichen Trefferquote zur Strecke.

Kapitel 6

Noch herrschte eine düstere Morgendämmerung über Forchheim. Kartl schälte sich zur gleichen Zeit umständlich aus seiner unbequemen Schlafposition auf dem Sofa. *Wieder versäumt, rechtzeitig ins Bett zu kriechen. Verdammt. Kein Wunder, dass ich Kreuzschmerzen habe*, empfand er ärgerlich. *Der Tag ist fast im Eimer.*
Mürrisch versuchte sein Inneres, den gewohnten Ablauf aller morgendlichen Tätigkeiten anzupeilen. Doch es gelang ihm nur äußerst dürftig. Zu guter Letzt reichte es sogar noch zu einem lustlosen, kurzes Frühstück. Ein eher karges. Eine Tasse Kaffee und ein trockenes Stück Brot. Zu mehr verspürte er im Moment einfach keine Lust.
„So, nun muss ich mich aber sputen, um Max abzuholen", spornte er sich an.
Sieben Uhr morgens.
Der Winter gönnte dem Frühling seinen Platz noch nicht im Geringsten. Bitterkalt war es, wie all die Tage vorher.
Ein Himmelreich für eine Garage. Keine gefrorenen Scheiben, keine kalten Hände, keine ...
Doch ihm erstarben urplötzlich die letzten Worte in seinen Gedanken. Hinter dem rechten Scheibenwischerblatt seines Dienstwagens klemmte ein kleiner Plastikbeutel. Unschwer sah er, obwohl der Beutel angefroren schimmerte, einen Gegenstand heraus blitzen. *Kommt mir doch sehr bekannt vor, zum Donnerwetter.* Nur ob es einen weiteren

Buchstaben beinhaltete, entzifferte er nicht auf den ersten Blick.

Blass geworden schaute Kartl vor sich hin. „Wo steckst du Dreckskerl?", rief er in den kalten Morgenhimmel. Doch das Echo blieb stumm.

Kartl verstaute den Fund sicher im Handschuhfach, befreite sein Auto vom Eis, um endlich Max von daheim abzuholen. Dieser stand schon frierend vor seiner Haustür, ungeduldig, da sich sein Chef durch den Fund nicht unerheblich verspätete. „Morgen Sepp, willst mich wohl als gefrorene Statue mitnehmen?"

„Komm rein. Erkläre ich dir gleich."

Dankend schwang sich Max ins wohltemperierte Wageninnere. „Dann schieß mal los."

„Nicht nur, dass der Tag schon bescheuert angefangen hat. Gestern bin ich auf dem Sofa eingeschlafen. Jetzt schmerzen mir alle Knochen."

„Hast du nicht schnell genug die Wohnungstür erreicht?"

„Schmarrn. Mach doch mal das Handschuhfach auf. Ein kleines Geschenk für dich."

„Ich liebe Geschenke." Aber gleich stellte er fest, dass das Präsent nicht für ihn persönlich bestimmt war. „Oh, unser Unbekannter?"

„Ja. Heute früh habe ich es an meiner Windschutzscheibe entdeckt. Schau mal vorsichtig nach, ob ein Buchstabe eingraviert ist. Wir machen schnell einen Abstecher ins Labor. Die Unterlagen, die wir für heute benötigen, habe ich gestern auch liegengelassen."

„Ein kleines C", teilte Max im nächsten Moment mit. „Puh,
damit können wir *Cher* canceln. Der Buchstabe hilft jetzt
nicht wirklich weiter."
„Wie dem auch sei. Spring bitte schnell rein und hole die
Liste von meinem Schreibtisch."
Mit dem Blick aus dem Seitenfenster bemerkte Max die
Ankunft an ihrem alltäglichen Arbeitsplatz. „Bin ich
schneller als du?"
„Verschwinde."

Kurze Zeit später verließ ihr Auto wieder den Parkplatz
der Dienststelle.
„Wo müssen wir hin?", fragte Kartl, da er sonst das Navi
nicht aktivieren konnte.
Max hielt eine Auflistung aller möglicher Verdächtiger in
seiner Hand. Ihre Tour sollte sie über Bamberg, Schwabach,
Fürth, Nürnberg und zu guter Letzt nach Erlangen führen.
Fünf Adressen von Verdächtigen, die der Computer für
ihren Zweck ausgespuckt hatte. Ihre Hauptaufgabe bestand
nun darin, das Alibi jedes Einzelnen zu überprüfen.
Ist zumindest einen Versuch wert, überlegte Max beim
Durchblättern. „Wir starten mit unserem ersten Kandidaten
in Bamberg", instruierte er seinen Chef. „Ich gebe die
Adresse schnell mal ein. Dann kannst du aufs Gas drücken."
„Was hast du noch für Informationen?", erkundigte sich
Kartl, nachdem sich ihm der Weg auf dem Bildschirm
darstellte.
„Der Typ ist 30 Jahre alt, mit Wohnsitz in Bamberg. Verurteilt
wegen sexueller Nötigung und Vergewaltigung. Seit drei
Monaten wieder auf freiem Fuß. Vorzeitig entlassen, wie
so oft. Fast hätte ich es vergessen. Hier ist der Artikel der
Nordbayerischen Nachrichten."

„Polizei bittet um Ihre Mithilfe", erblickte Kartl auf die Schnelle die Schlagzeile. Darunter das Foto mit den bisher gefundenen Teilen des Armkettchen. Er war beruhigt, dass Gruber sein Wort gehalten hatte.
Zufrieden lehnte er sich fester in seinen Sitz hinein.

Schweigend setzten sie ihre Route nach Bamberg fort. Kurz vor dem Ziel durchbrach Kartl mit einem Male die Stille in ihrem Wagen. „Zeig mir doch bitte nochmal das Foto aus der Zeitung."
Sein Kollege reichte ihm die passende Seite hinüber. „Verdammt nochmal, was fällt dir darauf auf?"
Max schaute sich den Artikel und das Foto wieder und wieder an. Er versuchte zu erforschen, was sein Chef gesehen hatte. „Was meinst du?"
„Auf dem Foto, das wir gestern abgegeben haben, besteht das Armbandes aus vier Teilen. Hier sind aber fünf Einzelelemente abgebildet."
Jetzt fiel es auch ihm auf. Respektvoll warf er einen Blick zur Fahrerseite. Sein Chef war schon eine Marke. Nichts entging ihm. „Was bedeutet das?", äußerte er sich unsicher.
„Ich weiß es nicht, aber mit dem Fund von heute morgen wären es ja schon sechs Einzelteile", antwortete Kartl, „ruf doch gleich mal bei der Zeitung an und frag nach, wo das Foto hergekommen ist."
„Geht klar", warf er ein und wählte schon die Nummer in seinem Smartphone.
Kartl konzentrierte sich derweilen darauf, sich vorsichtig ihrer ersten Adresse zu nähern. *Keiner soll aufgeschreckt oder vorgewarnt werden.*
Max telefonierte inzwischen sehr angeregt mit der Lokalredaktion. Aber aus den Wortfetzen ergab das

Gespräch für Kartl keinen Sinn. So musste er sich gedulden, bis der Dialog beendet war.

„Das glaubst du nicht. Das ist ein Ding. Der Gruber von der Redaktion erzählt mir gerade, dass ein Bote zu ihnen gekommen ist. Mit einem Umschlag, sowie freundlichen Grüßen von dir."

„Von mir?" Kartl verschlug es fast die Sprache.

„Ja. Es gäbe ein aktuelleres Foto und sie möchten doch so nett sein, es noch auszutauschen. Keiner in der Redaktion hat sich dabei irgendetwas gedacht. Sind alle davon ausgegangen, dass es wirklich von dir gekommen ist. Gruber meinte nur boshaft dazu, ob wir bei der Polizei zu blöd sind, unsere Hausaufgaben zu machen."

„So eine Sauerei!" Kartl kochte innerlich. *Wer ist dieser ominöse Fremde, der ein Katz- und Mausspiel mit uns treibt?*

„Gibt es eine Beschreibung des Boten?"

„Ja. Und er ist als Polizist verkleidet gewesen."

„Wie bitte, einer von uns?"

„Glaube ich nicht, ganz ehrlich gesagt. Kann man ja überall am Schwarzmarkt kaufen. Auf jeden Fall ein Mann mittleren Alters, schlanke Figur, gepflegtes Äußeres, kein Dialekt, selbstsicheres Auftreten. Wir sollten die Mitarbeiter zu uns bestellen, die ihn gesehen haben. Dann können wir am Computer ein Phantombild erstellen."

„Ja, vielleicht kannst du das gleich in die Wege leiten."

Somit telefonierte Max nochmal einmal mit dem Gruber, danach mit seiner eigenen Dienststelle, bis alles so veranlasst war, wie es sein Chef ihm aufgetragen hatte.

„Erledigt. Aber da weiß einer ganz genau über unsere Schritte Bescheid."

„So wie es scheint. Der beschattet uns, wo er kann. Sind wir so blöd, dass uns das nicht auffällt?"

„Vermutlich ist der über alle Maßen geschickt. Wenn ich mich irre und er doch Polizist oder vielleicht einer vom Sicherheitsdienst? Deshalb wäre dringend eine rund um die Uhr Bewachung von dir oder uns erforderlich.“

„Vielleicht ist es ein Fehler, aber vertagen wir das Thema nochmal.“

„Wie du meinst, aber sag später nicht, ich hätte dich nicht gewarnt.“

Sie parkten mittlerweile seit einer halben Stunde in Bamberg unweit der zu überprüfenden Adresse. „Zeigt das Teil auf dem Foto in der Zeitung einen Buchstaben, den wir noch nicht haben?“, fragte Kartl nach.

„Ein kleines O“, bekam er als Antwort.

„Somit haben wir sechs Teile“, zog Kartl ein Fazit. „Ein großes C, ein kleines H, ein kleines E, ein kleines R ein kleines C. Und zu guter Letzt ein kleines P.“ In seinem Kopf kreisten die Buchstaben in wahlloser Reihenfolge hin und her. Der erste Gedanke an geläufige Vornamen rückte weit in die Ferne.

Ein weiteres Rätsel, dessen Lösung sie hinterher hinkten.

„Komm“, beendete Kartl ihre Denkphase, „wir haben schon viel Zeit verloren. Lass uns die Liste abarbeiten.“

Den Rest des Tages verbrachten sie damit, all die einzelnen Adressen aufzusuchen. Stunde für Stunde verging, aber nirgends offenbarte sich ihnen eine heiße Spur. Als sie schließlich beim letzten Verdächtigen in Erlangen aufkreuzten, zog bereits der Nachthimmel heran.

Sie erreichten das Altstadtviertel am südlichen Stadtrand. doch auch hier lieferte der verurteilte Straftäter ihnen ein stichhaltiges Alibi für die vermeintliche Tatnacht.

Somit erwiesen sich all ihre potenziellen Kandidaten als
ein Schlag ins Wasser. Vergebliche Liebesmüh, wie der
Volksmund so sagt. Ein verlorener Arbeitstag neigte sich
dem Ende zu.

„Max, ich lade dich nach Ebersbach zum Essen ein. Bin
gespannt, was es heute gibt."

Dieser blickte ungläubig zu seinem Chef. Es gab nicht
viele solcher Tage. Normalerweise gab er sich nicht so
spendabel. „Das ist prima. Ich habe einen Bärenhunger.
Außerdem bin ich sehr gespannt, wo du mich da hinführst.
Bei all deiner Schwärmerei für dieses Lokal."

„Lass dich überraschen."

Eine halbe Stunde später betraten sie die gemütliche
Gaststube. Mollig Wärme umhüllte in wenigen Sekunden
nach dem Eintritt ihre Sinne.

Der Kachelofen heizt ganz schön ein, fühlte Max in dem
Moment.

Beide warfen einen kurzen Blick über die Tische auf der
Suche nach einem freien Platz. Dieser fand sich direkt
vor der Theke, wo sie sich niederließen.

Der Wirt begrüßte sie freundlich, händigte ihnen die
aktuelle Speisekarte aus, verbunden mit der Frage nach
dem Getränkewunsch. Max bestellte sich ein Weizen und
Kartl bevorzugte ein leichtes Weizen.

Neugierig studierten sie danach das Angebotene. So
entnahmen die Kommissare, dass heute zusätzlich
Schaschlik auf der Liste stand. Voller Vorfreude bestellten
beide eines davon.

„Und dein erster Eindruck?", fragte Kartl kurze Zeit später.

„Nicht schlecht. Bodenständig. Wenn das Essen das auch
noch hält, bin ich sehr zufrieden", äußerte sich sein Partner.

Wenig später verspeisten sie mit großem Appetit das zubereitete Mahl. „Vorzüglich", entfuhr es Max noch mit vollem Mund. „Muss sagen, dein Tipp ist nicht schlecht. Urgemütlich hier."

Kartl grinste in sich hinein. „Ja, wo die Fränkische Kultur noch gelebt wird, da kenne ich mich aus. Selbst als gebürtiger Oberbayer."

„Das muss man dir lassen, da bist du als Neigschmeckter besser informiert wie ich."

Entspannt genossen sie die Atmosphäre um sich herum. *Wirklich kein schlechtes Lokal,* dachte sich Kartl. *Ein Familienbetrieb. Die Wirtin zaubert in der Küche, während ihr Enkel die zahlreichen Gäste bedient.*

Vertieft in ihrer Gemütlichkeit, verloren sie für einen kurzen Moment die Gedanken an ihrer Arbeit, ihren Fall.

***

So verpassten sie ihn. Den Schatten, fast so dunkel wie die gegenüberliegende Wand. Eng an diese gepresst, nur um dem Nachtlicht der Straßenlaterne nicht ausgeliefert zu sein. Schnell und wendig bewegte er sich, bis er wieder eintauchte in die Nacht von Ebersbach. Spurlos verschwand er in der unendlichen Weite der Finsternis.

***

Gutgelaunt beendeten die Polizisten den wunderbaren Abend. Aufgeräumt und mit sich im Reinen verließen sie die warme Gaststube. Nicht weit davon entfernt parkte ihr Wagen, den sie schnellstmöglich aufsuchten.

Erst im Inneren angekommen, bemerkte Kartl als Erster
die Veränderung um sie herum. Er entdeckte einen großen
Plastikbeutel, der einfach an die Windschutzscheibe
geheftet war.

Wie heute morgen, schoss es ihm in den Sinn. „Max, wir
haben ein Problem." Mit den Fingern gab er ihm zu
verstehen, seinen Blick auf die Windschutzscheibe zu
lenken.

„Nicht schon wieder", entfuhr es diesem. Zugleich stieg
er aus, um das Fundstück vorsichtig abzunehmen.

Im Auto zurück untersuchten sie den Inhalt des
Fundobjektes. Erneut ein Stück eines Anhängers, wie
sie unschwer erkannten.

„Schau mal, da liegt noch ein gefalteter Zettel dabei",
warf Max ein.

Das ausgebreitete Papier lag wenig später vor ihnen und
ihre Augen fixierten stumm den Text, der ihnen entgegen
flimmerte. *Time Out – Ende des Spieles.*

„Jetzt wird es aber langsam makaber." Barsch fuchtelte
Max mit seiner Hand durch die Luft.

Einzelne Buchstaben aus offensichtlich verschiedenen
Zeitungen in wahllosen Größen ausgeschnitten und schief
nebeneinander geklebt, prankten ihnen entgegen.

Es bedurfte eines kurzen Moments, bis sie wieder ihre
Gedanken gesammelt hatten.

„Ist ein Buchstabe auf dem Kettchen?", fragte Kartl.

„Ja, ein kleines A", bekam er als Antwort zurück.

„Komm, wir fahren ins Labor. Liegt ja eh fast auf dem
Weg. Vielleicht haben wir Glück und es befinden sich
Fingerabdrücke auf dem Papier. Günther kann somit
gleich morgen früh loslegen." Kartl startete ihren Wagen
und setzte zum Ausparken an. „Vermutlich sind jetzt

alle Buchstaben des Kettchen komplett. Nach so einer Ankündigung: *Time out - Ende des Spieles*. Ein sehr weit auszulegende Ankündigung. Was heißt das? Liegt morgen eine Leiche vor meinem Auto? Oder ist alles nur ein Spiel? Wenn ja, ein ganz schlechtes."

Sie befanden sich bereits auf der Landstraße nach Forchheim. Kartl fuhr in seinen Ausführungen fort.

„Vielleicht hören wir nie mehr etwas? Sind einfach nur verarscht worden. Und es bleibt unser ewiges Rätsel. Auch keine schöne Vorstellung."

„Lustig ist dieses Spiel auf jeden Fall nicht mehr. Ich bin endlich für eine Beschattung von dir."

„Muss ich mir noch überlegen."

Wieder lenkte Kartl sehr schnell von diesem Thema ab. *Ich glaube nicht, dass uns das weiterhilft. Der riecht doch einen zusätzlichen Polizisten meilenweit. Nein, mein Gefühl sagt mir, das passt noch.*

Mit der Ungewissheit, die der Fall in seinen einzelnen Facetten zeigte, näherten sie sich ihrer Dienstelle. Schemenhaft duckte sich die Landschaft Meter für Meter vorbei, bis sie die ersten Lichter der Stadt erblickten.

Gleich nach der Ankunft bei der PI führte der erste Weg direkt ins Labor. Sie hinterließen das Fundstück mit einer Nachricht für Günther.

Ganz wichtig und eilig!, schrieb Kartl auf ein Stück Papier, welches er daneben platzierte.

Ein Ergebnis, so vermuteten sie, würde es nicht vor morgen geben.

Kapitel 7

Mittlerweile hockten beide Kommissare in ihrem
Dienstzimmer. Vor ihnen ausgebreitet einzelne Buchstaben.
All die Buchstaben der gefundenen Teile. Sieben Stück
insgesamt auf Papier geschrieben und ausgeschnitten.
So schoben sie diese nun wahllos hin und her, bildeten
neue Wortkombinationen, um sie im nächsten Moment
wieder zu verwerfen.
„Checrpa", „Phacrec", „Hercpac", „Rechcap".
„Ist wie sieben auf einen Streich", belustigte sich Max.
So probierten sie es eine ganze Zeitlang weiter.
Grübelten, rätselten und entdeckten immer wieder neue
Kombinationen.
„Stopp, Halt!", schrie Max mit einem mal.
Sein Chef zuckte förmlich zusammen, ob der ungewohnten
Lautstärke seines Partners.
„Dieses Wort habe ich schon mal irgendwo gesehen."
„Carpche", so lautete das im Moment gefundene Wort,
das vor ihren Augen lag. Kartl konnte damit gar nichts
anfangen. „Was ist das? Eine türkische Vorspeise, ein
hebräischer Eintopf, ein ägyptisches Getränk?"
„Nein, nein, den Namen habe ich irgendwo auf einem
Foto gesehen. Ist zwar schon eine Zeitlang her. Aber wenn
ich mich nicht täusche, ist es bei einem Verdächtigen am
linken Arm eingeritzt gewesen. Im Zusammenhang mit
irgendeinem Drogendelikt."

Kartl schaute Max zweifelnd in dessen Augen. „Weißt du noch, was es für eine Bedeutung hat?"

„Nein, nicht mehr. Ich schaue mal in unseren Computer. Vielleicht finde ich etwas darüber."

Mit schwungvollen Elan drehte er sich in die Richtung seines Dienstrechners, während sein Chef sich noch lange das gelegte Wort betrachtete.

Es ergab alles keinen Sinn.

Drogengeschäfte. Welche Verbindung öffnet sich da zu ihrem aktuellen Fall? Ratlos, wie selten in seiner Aufklärungsarbeit, grübelte er vor sich hin. Ideenlosigkeit überfiel seine Gehirnzellen.

Max suchte derweil angestrengt in den Tiefen ihres Archivs nach dem Zusammenhang.

„Auf jeden Fall müssen wir später zu den Kollegen vom Drogendezernat, falls du nichts findest", unterbrach ihn sein Chef. *Sind wir dem Täter ein wenig näher gerückt?*

Noch wusste er es nicht zu beantworten. Mit geschlossenen Augen zog er sich einen Moment zurück, in der Hoffnung, dass Max einen Hinweis fand.

Doch obwohl dieser mit größter Intensität alles durchforstete, fand sich der Name *Carpche* nicht in ihrer Datenbank. Entmutigt gab er sich geschlagen. „Nichts, aber auch gar nichts. Vielleicht habe ich mich auch getäuscht." Zerknirscht strich er sich durch sein volles Haar.

„Komm, lass uns heimfahren. Hat keinen Sinn so. Wir werden das später überprüfen. Gönnen wir uns ein paar Stunden Schlaf."

Morgens um halb zwei Uhr verließen sie sichtlich geschafft ihre Arbeitsstelle.

***

Zu müde, um den Schatten zu bemerken, der sich zügig
von ihnen wegbewegte. Fast schon hastig, nicht so elegant
wie gewohnt, zog er von dannen. Störten sie ihn in seinen
Handlungen? War er überrascht worden? Nicht in der
Lage, sein heutiges Werk zu vollenden?

***

Draußen verabschiedete sich Kartl von Max und begab
sich nachdenklich und voller Zweifel auf den Heimweg.
Zum ersten Mal in der ganzen Dienstzeit als Polizist
erarbeiteten sie sich nach so vielen Tagen noch keinen
richtigen Spurenansatz.
*Gut, es gibt keine Leiche. Somit sind wir nicht wirklich in
der Bringschuld der Öffentlichkeit gegenüber. Aber es fuchst
meinem Ego schon gewaltig, dass wir uns, wie der Hamster
in seinem Rad, immer im Kreis drehen.*
Einsam fuhr er dabei durch die stillen Straßen seiner
Kleinstadt. Zehn Minuten Fahrt, bis er den gewohnten
Parkplatz vor seiner Wohnung erreichte.
In dieser angekommen kroch er sofort ohne Umwege in
sein Bett. *Zwei Tage hintereinander auf dem Sofa, nein danke.*
Schnell übermannte ihn die Müdigkeit und er entglitt
in das Reich der Träume. *Ich erwische dich,* dies war sein
letzter Gedanke, bevor er tief und fest einschlief.

Donnerstag, 8.55 Uhr. Max und Kartl trudelten so langsam
im Büro ein. Dick einpackt in ihren warmen Mänteln,
ausgestattet mit Schal und Handschuhen. „Mann, nervt
das. Immer noch diese Kälte. Da soll dir nichts wehtun. Und

dieses ewige Grinsen hier im Hause. Selbst der Pförtner guckt mich schon so belustigt an", moserte Kartl.

„Das bildest du dir nur ein", versuchte Max ihn aufzumuntern. „Komm, wir schauen mal, ob die Kollegen von der Droge schon da sind."

Gesagt, getan.

Ein kleiner Spaziergang führte sie einen Stock tiefer an das Ende des dortigen Flures zum Zimmer der Drogenfahndung.

„Ja Sepp, hast du dich verlaufen?", begrüßte sie der Ältere der beiden im Raum befindlichen Männer. „Wir haben keine Leiche in der Asservatenkammer versteckt, falls du das vermutest."

„Ach geh, lass den Blödsinn, Hubert", entgegnete Kartl. „Wir brauchen eure Hilfe." Mit einer kleine Geste deutete er auf Max.

„Beim Recherchieren bin ich auf ein Wort gestoßen, das mir bekannt vorkommt. Leider spukt die Datenbank darüber nichts aus. Aber ich bin mir ziemlich sicher, es auf irgendeinem Foto von einem Kollegen im Zusammenhang mit einem Drogendelikt wahrgenommen zu haben."

„Was für ein Name soll das sein?", unterbrach ihn der jüngere Beamte.

„Carpche. Kommt dir das bekannt vor?"

„Lass mich mal überlegen ... Wir haben mal einen Spinner hochgenommen, mit einem seltsamen eintätowierten Wort. Wenn es allerdings nicht im System ist, muss ich das Foto anhand der letzten Fälle raussuchen. Wie bist du damals auf das Bild gestoßen?"

„Die Akte wurde versehentlich zu uns gebracht. Ich habe nur einen kurzen Blick hineingeworfen. Die Tätowierung ist das Einzige, was sich bei mir eingeprägt hat."

„Okay, schaut halt um 13 Uhr wieder bei uns rein. Bis dahin müsste ich was gefunden haben oder auch nicht." Ein zustimmendes Nicken aller Beteiligten beendete die kurze Zusammenkunft.

Max und Kartl legten noch einen Abstecher ins Labor ein. Günther begrüßte sie freundlich. „Ihr habt das große Los gezogen, wie? Aber vielleicht kann ich euch weiterhelfen. Am letzten Beutel habe ich ein Haar gefunden. Die Analyse dafür läuft. Und auf dem Papier, das ihr mir gebracht habt, sind wir auf Teile eines Fingerabdruckes gestoßen." Nach einem kurzen Räuspern fuhr er fort.

„Vielleicht ist jemand nicht vorsichtig genug gewesen. Ob es reicht, damit wir ihn entschlüsseln können, weiß ich nicht. Aber wir sind dabei."

„Mensch, das mit dem Haar ist ja ein Ding. Hat der doch glatt einen Fehler gemacht", entgegnete Kartl.

„Wenn es seines ist. Kann ja auch von euch sein. Ach, noch was", ergänzte Günther. „Auf dem Beutel habe ich Spuren von Kokain gefunden. Vermutlich ist es über die Haut ausgeschieden worden. Anscheinend ist es eurem Täter ein wenig warm bei seinem Unterfangen gewesen. Sag euch natürlich sofort Bescheid, wenn wir neue Ergebnisse ausgespuckt bekommen."

Die beiden Kommissare dankten ganz herzlich und verließen die Räumlichkeiten der SpuSi.

Draußen im Flur meldete sich bei Kartl dessen leerer Magen. „Frühstückspause?"

„Gehen wir."

Nach Max´ kurzer Zustimmung setzen sie sich in Bewegung. Geschwind verließen sie das Polizeipräsidium. Ihr Weg führte sie zu einer nahegelegenen Imbissbude.

„Was sagst du zu den ganzen neuen Nachrichten", begann Kartl mitten im Essen das Gespräch.

„Vielleicht unser Durchbruch. Wenn wir wirklich einen Zusammenhang zwischen dem Namen und einen bei uns aufgeführten Verdächtigen herstellen können, wäre dies ein Meilenstein. Ein Traum, wenn das Haar auch in die Indizienkette passt."

„Warten wir es ab. Nicht dass uns der Schnabel sauber bleibt."

„Jetzt beim Essen erst einmal nicht", lachte Max lauthals heraus.

In der nächsten Stunde konnten sie ihre Neugierde kaum noch verbergen. Vielleicht ergab sich endlich ein Ansatz in ihren Ermittlungen.

Voller Ungeduld trafen sie sich zur vereinbarten Zeit bei der Drogenfahndung. Der junge Kollege wedelte schon beim Öffnen der Tür mit einer Akte in der Hand. Sein breites Grinsen ließ die Aufmerksamkeit der beiden Kommissare spürbar steigen.

„Ich glaube, ich habe was für euch. Vor einem Jahr gab es einen kleinen Fall von Drogenbesitz bei uns. Keine wirklich große Menge. Lediglich fünf Gramm. Ob er gedealt hat, haben wir ihm nicht nachweisen können."

Nach einer kurzen Unterbrechung und einen Blick in die Akte redete er weiter. „Hubertus Kramer, 45 Jahre alt, wohnhaft in Neunkirchen am Brand. Beruflich freigestellt zum damaligen Zeitpunkt. Angestellt gewesen bei einer bekannten Energiefirma in Erlangen. Ein Ingenieur für Verfahrenstechnik. Ausgestellt und nicht mehr auf die Beine gekommen. Vermutlich. Ein wenig crazy der Typ. Hat sich in sein linkes Handgelenk diese Buchstaben

tätowieren lassen. Wir haben es als sehr sehr merkwürdig empfunden. Tatsächlich dieselben Buchstaben, von denen du gestern erzählt hast."
Dabei ging sein Blick Richtung Max. „*Carpche*. Es gibt auch ein Foto davon. Vermutlich das, was du auch gesehen hast."
Er kramte in seiner Akte, holte es hervor und hielt es in die Runde. Alle konnten deutlich das Wort *Carpche* erkennen
„Wir haben ihn nach der Bedeutung der Buchstaben gefragt", fuhr der Beamte fort. „Aber er hat nur herumgedruckst. Irgendeine Mischung aus Carpe dium und Chemie. Bedeutung haben wir den Aussagen nicht beigemessen. Wir sind eher der Meinung gewesen, der Kerl war auf einem Trip oder Ähnliches. Das Verfahren gegen ihn ist übrigens eingestellt worden."
Kartl zeigte sich hocherfreut über die Ausführungen, nahm die Akte entgegen, um mit seinem Partner das Büro zu verlassen, nicht ohne sich noch wohlwollend für die erstklassige Arbeit bei den beiden zu bedanken.

Zurück in ihrem Büro eröffnete Kartl die Unterhaltung.
„Ich bin später mit dem Prantl unterwegs."
„Hat er dich eingeladen?"
„Ja, schauen wir mal, ob er sich noch an das Freibier erinnert. Ich bekomme von ihm einen abschließenden Bericht über Todesursache und -zeitpunkt der Wasserleiche. Auch wenn ich mir keine Hoffnungen für unseren Fall mehr mache. Vielleicht gehen wir ganz ohne Leiche aus dem Fall. Aber ich freue mich auf einen gemütlichen Abend."
„Das glaube ich dir. Jetzt haben wir ja zumindest unseren mysteriösen Spieler gefunden. Was verbirgt sich wohl dahinter?"

„Werden wir hoffentlich schnell rausbekommen. Kannst du
mal schauen, ob das Phantombild schon gezeichnet wurde?
Und mach doch gleich mal die Adresse von dem Knaben
ausfindig, damit wir ihn hochgehen lassen können."
Max loggte sich ins System der Polizei ein, wählte den
Onlinezugang zu den Gemeindeverwaltungen und tippte
die letzte Adresse von Hubertus Kramer in die Maske.
Nach ein paar Minuten des Überprüfens wandte sich sein
Blick enttäuscht zu Kartl. „Leider hilft uns das nicht weiter.
Er hat sich sinnigerweise in Neunkirchen abgemeldet.
Grund Weltreise. Hat geplant, länger als ein Jahr lang
unterwegs zu sein. Pure Absicht, diese Masche. Somit
ist unser Bürschchen untergetaucht. Heimlich aus dem
Staub gemacht."
„Sehr clever. Der Klugscheißer hat wohl an alles gedacht."
„Beim Kettchen war er allerdings unvorsichtig, bevor er
das Spiel mit uns begonnen hat. Ich suche schnell das
Phantombild."
„Zeig doch mal das Foto aus der Akte", forderte er seinen
Chef kurz danach auf.
Kartl bequemte sich dazu, sich an den Arbeitsplatz von
Max zu bewegen. Am Bildschirm prankte mittlerweile
das Phantombild von Hubertus Kramer, gezeichnet nach
den Angaben der Redakteure der Lokalredaktion.
Verglichen mit dem Foto in seiner Hand, etwa ein Jahr
alt, erkannte Kartl eindeutig die Übereinstimmung. „Das
ist unser Mann. Lass ihn zur Fahndung ausschreiben.
Ich denke, der Richter wird dem zustimmen, auch wenn
wir ihn erst einmal nur wegen seiner Spielchen belangen
können."
„Tja, das mit dem Tatdelikt gestaltet sich ein wenig
schwierig im Moment. Keine Leiche, kein Tatort. Nichts."

„Lass doch gleich einen Flyer mit seinem Konterfei erstellen. Beauftrage ein paar Beamte, die sollen sich damit in Neunkirchen umschauen. Leute befragen, die Ohren offenhalten. Vielleicht hat ihn ja jemand gesehen. Du könntest zu seiner alten Adresse fahren. Die Nachmieter befragen, ob die einen Hinweis über seinen Verbleib haben."

„Geht klar, Chef. Dann mache ich mich an die Arbeit. Wenn es aktuelle Neuigkeiten gibt, hole ich dich von deinem Kneipenplatz weg."

„Ist recht. Ich mach auf dem Weg nach Erlangen. Zum *Steinbach Bräu*. Da treffe ich mich in einer Stunde mit dem Prantl. Da gibt es *Storchenbier*."

„Frisch gezapft vom Storch?"

„Ach geh, die Marke heißt halt so. Du bist ein Bierbanause. Morgen früh um neun Uhr wieder hier? Für dich okay?"

„Für mich schon. Kommst du raus nach deinem Spezlabend?"

„Lass das mal meine Sorge sein. Ich bleib brav. Habe schon meine Erfahrungen mit deinen Anrufen."

„Dann bis morgen, falls wir nicht doch vorher über eine Leiche stolpern, die wir brauchen können", lächelte Max süffisant.

„Ich geh, sonst muss ich mich bloß noch ärgern", konterte sein Chef und verließ geschwind den Raum.

Kapitel 8

Kartl spitzte auf seine Uhr. Kurz nach 18 Uhr. So langsam wurde es düster. Wobei der ganze Tag ein Einerlei in Grau gewesen war. *Deprimierend wie die Entwicklung unseres Falles,* dachte er für sich bei seinem Weg zum Auto.

***

So bemerkte er ihn nicht, den Schatten, der auf der anderen Straßenseite, versteckt in einem geparkten Auto, das Geschehen beobachtete. Seine kalten und ausdruckslosen Augen fixierten den Kommissar.

Dieser nahm derweil Kurs auf seinen Wagen, zwängte sich in das Innere und startete Richtung Erlangen. Die Lichtkegel bewegten sich zielstrebig über geparkte Karossen vor einsamen Hauswänden.

Doch der Schatten war längst abgetaucht. Flach beugte er sich über die Sitze und war somit verborgen für Jedermann.

***

Die Vorfreude überflutete Kartls Sinnesreize. Fast euphorisch lehnte er in seinen Sitz, begleitet beim Fahren vom *Liebestraum Nr. 3* von Liszt in der Komposition von Richard Clayderman. Den Tag ausklingen lassen, eine Brotzeit genießen. Weg von der Hatz nach dem Verlorenen, der sich anscheinend von der Gesellschaft

verabschiedete mit seinem Handeln. Gefährlich geworden
für die Allgemeinheit. 4:50 Minuten Glücksgefühl, bevor
die nächsten Lieder ihn wieder näher an die Wirklichkeit
herangeführten.
Nach einer guten dreiviertel Stunde Fahrzeit fand sich
Kartl nur bedingt zufriedener wieder in der idyllischen
Atmosphäre jener fränkischen Gemütlichkeit, die ihm so
gefiel. Gegenüber saß sein Spezl Prantl.

***

Euphorie oder nicht, Zufriedenheit ja oder nein. Dies
bedeutete dem Schatten draußen auf dem Parkplatz nichts.
Er schlich geduckt um den Dienstwagen von Kartl herum.
Zielstrebig platzierte er etwas an dem Fahrzeug. Sein
grimmiges Lächeln bemerkte niemand in der Einsamkeit
der Nacht. Leichtfüßig entschwand er in den Gassen von
Erlangen. Niemand nahm seine Anwesenheit wahr.

***

„Mensch Prantl, ist ja unglaublich lange her unser letztes
Treffen. Warum hast du dich nie mehr gemeldet."
„Weißt du, ich bin vor zwei Jahren geschieden worden. In
dieser Phase hatte ich wahrlich keine Lust fortzugehen.
Null Bock sozusagen. Jedem zu erzählen, wie es mir geht.
Wie ich zurechtkomme."
„Schwamm drüber, kann ich verstehen. Willkommen im
Club", stimmte ihm Kartl zu.
Mittlerweile brachte die Bedienung zwei Halbe dunkles,
selbstgebrautes Bier.

„Zum Wohl", prostete Prantl seinem Gegenüber zu und hob seinen Krug.

Kartl war neugierig. „Jetzt erzähl mal, was ist bei euren Ermittlungen herausgekommen ist."

„Nichts, was dich wahrscheinlich erfreut. Oder hast es dir eh schon gedacht, dass dies nicht eure Leiche ist?", schmunzelte Prantl vergnügt.

„Jetzt hör aber auf! Wir gehen doch nicht hausieren damit. Siehst du ein Schild auf der Stirn mit der Aufschrift *Suche Leiche?*"

„Lass gut sein", entgegnete Prantl beschwichtigend, doch den spitzbübischen Ausdruck auf seinem Gesicht behielt er bei.

„Na dann Prost und Frieden. Erzähl weiter."

„Es hat sich sehr schnell herausgestellt, um wen es sich handelt. Anhand von Kleidung und ungefährem Aussehen konnten wir die Tote schon bald einer Vermissten aus dem Raum Erlangen zuordnen."

„Und wie lange trieb sie schon im Wasser?"

„Das wissen wir noch nicht genau, aber am 2. Februar ist sie von ihrem Ehemann als verschwunden gemeldet worden."

„Wurde sie ermordet?"

„Laut der ersten Untersuchung unseres Docs war sie noch am Leben, bevor sie ins Wasser fiel oder freiwillig hineinging."

„Ha, da seid ihr ja genauso weit wie wir", amüsierte sich Kartl. „Wir können ja die beiden Fälle zusammenschmeißen. Ich biete einen Verdächtigen und ihr die Leiche."

„Das wäre eine super Zusammenarbeit", lachte Prantl. In der Zwischenzeit servierte ihnen ein zauberhaftes Madla vom Service ihre bestellten Bratwürste mit Sauerkraut und Brot. „Lass es dir schmecken.“

„Ebenso“, kam es geschwind zurück, bevor der erste Brocken Kartls Mund eroberte.

Für eine Zeit lang herrschte Schweigen am Tisch und jeder hing seinen Gedanken nach.

Kaum den letzten Bissen vertilgt, fragte Kartl weiter. „Mord oder Selbstmord? Was glaubst du?“

„Bei der Befragung des Ehemanns gestern Abend beschlich mich ein ganz komisches Gefühl. Dass er sie umgebracht hat. Aber fürs Gefühl bekomme ich ja nichts vom Staatsanwalt“, prustete es aus ihm heraus.

„So viel wie ich“, pflichtete ihm sein Gegenüber bei.

Spät am Abend beendeten sie ihre angeregte Zusammenkunft.

„Prantl, soll ich dich noch ein Stück mitnehmen?“

„Nein danke. Du, ich wohne doch jetzt woanders. Gleich um die Ecke sozusagen. Für mich ein Vorteil, da ich nicht mehr mit dem Auto heim muss.“

Habe ich gemerkt, grinste Kartl innerlich, *ich habe ewig an meinem Bier herum genuckelt und er kippt sich fünf hinter die Binde.* Aber eigentlich sprach aus ihm nur der blanke Neid.

„Mach es gut. Bis zum nächsten Mal. Aber ich verspreche dir, nicht erst wieder in zwei Jahren“, verkündete Prantl.

„Will ich hoffen. Und danke für das Bier.“

So begab sich jeder auf seinen Heimweg. Der Prantl war schnell um die letzte Hausecke verschwunden, während Kartl ein paar Minuten benötigte, bis er den Parkplatz in der Nähe der Gaststätte erreichte.

Wieder verflucht kalt geworden. Bevor er diesen Gedanken weiterspinnen konnte, entdeckte er ein Vermächtnis an seiner Windschutzscheibe. Obwohl noch ein paar Meter davon entfernt, erkannte er unschwer den großen, weißen Zettel.

Dort angekommen, nahm er vorsichtig das Blatt Papier in seine Hände und entfaltete es. „Es schaut aus wie eine Schatzkarte", sprach er zu sich selbst. Beim näheren Betrachten stellte er fest, dass ihm die Zeichnung zu einem bestimmten Ort führte. Gekennzeichnet mit einem roten Kreuz im rechten Teil des Aufgemalten.

Er griff zum Telefon und wählte die Nummer seines Partners. *Dieses Mal drehe ich den Spieß herum.*

„Störe ich?", frohlockte er am Hörer, als Max sich am anderen Ende meldete.

„Kann mir keinen schöneren Anruf um diese Zeit wünschen."

„Komme bitte sofort nach Ebersbach an die Gaststätte. Du kennst sie ja. Ich habe einen neuen Hinweis zugespielt bekommen."

Von zwei Seiten näherten sich spät in der Nacht zwei Kommissare dem Wirtshaus in Ebersbach. Einer aus Erlangen, der andere aus Forchheim.

Kartl erreichte als Erster den vereinbarten Treffpunkt. Fünf Minuten später gesellte sich Max dazu. Sein Chef stand schon bereit, um bei ihm zuzusteigen.

„Was gibt es denn so Wichtiges? Wirst mich ja kaum zum späten Abendessen einladen", fragte ihn Max, nachdem er im Auto saß.

„Wäre mir lieber. Schalte mal die Innenbeleuchtung ein und wirf bitte einen Blick auf die Karte hier. Sie war an meiner Scheibe befestigt. Kommt dir da irgendwas bekannt vor?"

Er selbst war überhaupt kein Freund vom Kartenlesen.

Max ergriff sich das Stück Papier, betrachte es intensiv über einen längeren Zeitraum. Die Scheiben ihres Wagens beschlugen langsam von innen, bis das Schweigen endlich ein Ende nahm.

„Schau mal her", bat Max.

„Hier ist der Ort Ebersbach eingezeichnet. Unser jetziger Standpunkt sozusagen. Diese Straße hier ist die Verbindungsstraße von Ebersbach nach Marloffstein. Irgendwo auf der linken Seite davon muss sich eine Scheune oder ein Schuppen befinden." Mit dem Finger fuhr er dabei über die Zeichnung. „Anscheinend über einen Feldweg oder Acker zu erreichen. Ist nicht schlüssig daraus zu definieren. Ob die Proportionen stimmen? Keine Ahnung. Das vermeindliche Objekt ist etwa ein paar Hundert Meter von der Straße weg", mutmaßte er.

„Ich glaube, wir holen Verstärkung. Telefoniere mit dem Einsatzkommando und bestelle sie zu dem Punkt an der Straße, wo wir später zu Fuß weitergehen. Wir vertreiben uns dort solange die Zeit. Keine Ahnung, was uns erwartet."

Max griff zum Diensthandy und forderte das Spezialeinsatzkommando, kurz SEK, aus Nürnberg an.

„Schätze, die werden gut eine Stunde brauchen", sprach er nach Beendigung seines Auftrags.

Kartl schaute nachdenklich in das trübe Etwas ihrer Windschutzscheibe. Fast schon melancholisch seine innere Gefühlswelt bei dem Gedanken an Max, seinem Partner.

Ich habe es nie bereut, ihn an meine Seite zu nehmen, als er mir vor fünf Jahren vorgestellt wurden. Auf meine Nase ist Verlass. Und ich habe mich nicht getäuscht.

Zwischenzeitlich fuhr Max zum ausgemachten Treffpunkt. Ein kurzes Stück ging die Straße den Berg hoch und

schon stellte er den Wagen wieder ab. Ein Katzensprung
sozusagen.
Der Blick aus den Fenster vermittelte ihnen nur Finsternis.
Lediglich das Standlicht gab nach vorne ein paar Meter
der Umgebung preis.

***

So blieb er unbemerkt, der Schatten, welcher sich am
Feldweg entlang weg von ihnen duckte. Kurz blieb er
stehen, die Augen auf die beiden Kommissare in ihrem
Wagen gerichtet, bevor er endgültig mit der Dunkelheit
verschmolz. Vielleicht nahmen ihn die Rehe und Hasen im
Geruch wahr. An seinem Platz, den er einnahm. Unerkannt
und wartend auf die Dinge, die er erahnte.

***

„Was treiben wir mit der toten Zeit?", klagte Kartl.
„Wir können ja der Natur einen Besuch abstatten. Oder
Schnick-Schnack-Schnuck spielen, wenn dir langweilig ist."
„Nein, das eine zu kalt, das andere zu kindisch."
„Aber schon dreist von dem Typen, oder?"
„Wie meinst du das?"
„Dass er uns hierher lotst. Ist der sich so sicher, dass wir
ihn nicht erwischen?"
„Vielleicht sitzt er ja auch hinter einem Strauch dort
irgendwo im Finstern. Lacht sich schlapp über uns. Hier
siehst du ja sofort, wenn sich jemand nähert."
„Was hat er davon?", fragte Max.
„Innere Genugtuung, Aufgeilerei, Wichtigtuerei, was
weiß ich."

„Könnte ja sein, dass er uns hier eine Leiche präsentieren
will."
„Das ergibt doch alles keinen Sinn. Warum soll er sich die
Mühe machen. Vom *Zehntplatz* bis hierher jemanden zu
transportieren? Gut, es sind Schleifspuren dort vor Ort
gewesen. Aber wozu das Ganze? Versteckspielen? Mit
uns? Ganz schön krank."
„Komisch ist, dass er uns nirgendwo aufgefallen ist. Bei
der ganzen aufwändigen Recherche und Suche. Er weiß
immer, wo er seinen nächsten Hinweis platzieren muss."
„Manchmal denke ich mir, der könnte gut als Detektiv
arbeiten. Aber bei den abgefahrenen Scherzen, die er so
auf Lager hat, wird der Karriereweg auch nicht steil nach
oben gehen."
„So wie mit dieser Karte heute."
„Mensch, wo bleiben die denn?" Kartl klopfte ungeduldig
mit seinen Fingern gegen die Seitenscheibe des Wagens.
„Wird nicht mehr lange dauern."
„Hoffentlich. Ich hasse diese Hinweise, die der Phantasie
so viel Spielraum lassen."
„Wenn er nicht nur ein lästiger Zettelmontierer sondern
auch ein Mörder ist, wäre es besser gewesen, dich
beschatten zu lassen", warf Max ein.
„Nicht gesagt, ob es uns in der Sache weitergeholfen hätte."
„Aber dieses Auflauern ist nicht schön. Kannst du dir
immer sicher sein, dass er nicht schon im Auto sitzt, bevor
du einsteigst?"
„Du liest zu viel Krimis."
Worauf beide in ein befreites Lachen einstimmten und
die gespannte Atmosphäre sich auflöste.
Kurz darauf sahen sie kleine Lichtkegel im Rückspiegel.

„Es geht los", bemerkte Kartl und setzte ihr Blaulicht auf das Wagendach, um dem SEK die Ankunft zu erleichtern.

Hinter ihrem Auto parkte wenig später der komplette Einsatztrupp. Die beiden Kommissare stiegen aus, um sich mit dem Chef des SEK zu verständigen.
„Guten Abend zusammen. Kommissar Kartl und mein Partner Neuner", begrüßte Kartl den Haufen in der kalten Nacht kurz vor Mitternacht. „Wer ist der Chef heute?"
Ein Polizist trat aus der versammelten Truppe hervor.
Er zog die Sturmhaube in seinem Gesicht nach unten und drückte den beiden Kommissaren kräftig die Hände.
„Auch Guten Abend. Porscher. Ich bin der Verantwortliche für den Einsatz."
Krass, überlegte Kartl, *es ist immer wieder aufs Neue beeindruckend, wenn einer vom SEK vor dir steht. In voller Montur mit 15kg schwerer stich- und kugelsicherer Weste, einer Sturmhaube, Gefechtshelm. Zudem ausgestattet mit einer Gasmaske, Granaten, Pistolenholster, einem Funkgerät, einer Uhr und einem Allzweck-Taschenmesser.* Sein Blick fiel währenddessen auf die Statur von Porscher. *Außerdem benutzen sie zu den Pistolen noch Maschinen- oder Scharfschützengewehre. Da bin ich immer ganz klein im Vergleich dazu.*
Demütig riss sich Kartl aus dem Gedanken heraus und erläuterte dem Einsatzleiter den Grund ihres Treffens. „Wir haben diese Karte an unserem Auto deponiert gefunden. Darauf ist ungefähr zwei- oder dreihundert Meter von hier eine kleine Hütte oder Ähnliches eingezeichnet."
„Da wir in einem vermeintlichen Mordfall ermitteln und nicht wissen, was uns dort erwartet, haben wir euch als Unterstützung gerufen", ergänzte Max.

„Okay, ich werde mit dem ersten Trupp vorne weggehen. Ihr beide folgt uns dann. Hinter euch zum Absichern nach hinten der Rest von uns", orderte Porscher an. „Gibt es irgendwelche Vermutungen über Sprengstoff?", richtete er seine Worte an Kartl.

„Denke, das können wir ausschließen. Aber trotzdem solltet ihr größte Sorgfalt walten lassen. Ehrlich gesagt, ich weiß nicht, mit was für einen Spinner wir es zu tun haben."

Porscher versammelte daraufhin seine Männer um sich herum, gab leise seine Instruktionen und kurze Zeit später erklärte er alle für einsatzbereit.

Die Hütte oder Scheune lag irgendwo vor ihnen. Bedingt durch die Dunkelheit war nicht einmal ein Hauch davon zu erahnen.

Der erste Trupp, wie alle anderen auch mit Nachtsichtgeräten ausgerüstet, begann los zu schreiten. Ganz langsam, Meter für Meter. Ihnen folgten Kartl und Max. Ein paar Meter dahinter setzte sich der zweite Teil der Mannschaft in Bewegung.

Es ist wirklich sehr schwer einzuordnen, was wir vorfinden werden, überlegte Kartl, obwohl er im Geheimen noch hoffte, alles wäre ein blinder Alarm. *Es hat ein wenig Bundeswehrcharakter.*

Doch nicht zu vergleichen mit der Ernsthaftigkeit, um die es hier ging. Schritt für Schritt näherten sie sich dem verborgenen Objekt. Lautlos bewegten sie sich über die gefrorenen Felder. Kein leichtes Unterfangen, damit sie das Knirschen ihre Füße auf dem gefrorenen Schneeboden vermieden.

So dauerte es eine geraume Weile, bis sie erkennbar an Distanz überbrückten. Noch erkannten sie rein gar nicht.

Selbst die Straße, ihre Autos, verschluckte das Schwarz der Dunkelheit. Die Nacht hüllte alles ein.

Hoffentlich ist es nicht mehr weit, dachte Kartl. Kleine Schweißperlen liefen langsam von seiner Stirn herab. Es fiel ihm schwer, lautlos zu atmen. *Wo ist diese verfluchte Hütte oder sollen wir wieder hinters Licht geführt werden?*

Aber es vergingen noch einmal zehn unendlich lang erscheinende Minuten, bevor der erste Trupp stehen blieb, um auf die beiden Kommissare zu warten. Sie deuteten mit den Händen nach vorne in den vor ihnen liegenden Raum hinein.

Tatsächlich zeichneten sich ganz zart die Konturen eines Objektes ab. Langsam näherten sie sich mit nochmalig erhöhter Aufmerksamkeit. Die Entfernung reduzierte sich, bis die Umrisse sich deutlicher darstellten. Gespannte Neugierde lag förmlich in der Luft.

Welchem Zweck diese Unterkunft wohl dient? Ein Sammeltreff für Jäger oder zum Aufbewahren von Heu?, rätselte Kartl.

Nur wenig später befanden sie sich unweit der Eingangstür. Wie sie vereinbart hatten, sollte der erste Trupp die Hütte einnehmen, überprüfen und sichern.

Was erwartet uns da drinnen?, fragte sich Kartl.

Porscher erteilte seinen Leuten den Befehl zum Sturm. Vorsicht beäugten sie die Außenwände. Überprüften alles auf Fallen oder sonstige Hinterfotzigkeiten. Danach stürmten sie, das Gewehr im Anschlag, das Innere der Behausung.

Nach einer geraumen Weile ertönte nach draußen das Wort *Gesichert*. Das Stichwort für Kartl und Max zum Vorrücken in die Hütte. Der zweite Trupp blieb zum Schutze und ihrer Absicherung außen vor.

Die beiden Kommissare durchquerten die schmale Eingangstür.

„Riechst du das? Das gefällt mir gar nicht. Ganz und gar nicht!", äußerte sich Kartl beim Hineintreten.

Max zog sanft die Luft in seine Nasenflügel, um kurz danach den leicht süßlichen Duft wahrzunehmen. „Mir schwant nichts Gutes."

Sie leuchteten die Hütte systematisch ab. Mit der vollen Kraft ihrer beiden Taschenlampen fingen sie an der linken Seite an.

Eine karge Einrichtung, bestehend aus einem Tisch, einem Stuhl sowie einem alten Schränkchen, alles aus Holz, entdeckten die Lichtkegel mit ihren Strahlen.

So arbeiteten sie sich von Ecke zu Ecke, doch die ersten drei Wände der Hütte vermittelten nichts Auffälliges.

Als die Strahlen jedoch die letzte Ecke des Raumes freigaben, erfror ihnen fast das Blut in ihren Adern.

„Verdammt!", entfuhr es Kartl.

Oben, auf einem Heuballen, lag eine weibliche Person, völlig bekleidet, wie zum Schlaf niedergelegt.

Sie näherten sich vorsichtig der Person. Greller Schein erfasste nun ihr Antlitz.

Blass, leicht bläulich, doch ziemlich unversehrt präsentierte sie sich dort, sanft umrahmt von ihren langen, blonden Haaren.

Max kniete nieder, fühlte ihren Puls, doch er schüttelte energisch mit seinem Kopf.

Kartl betrachtete neugierig die Tote. *Mitte Dreißig,* schätzte er, *gepflegt, zudem gut gekleidet. Dieser verfluchte Mistkerl!,* schoss es ihm wütend durch den Kopf.

„So ein Mist", durchbrach er die Beklommenheit in der kleinen Hütte. „Verständige bitte die SpuSi, den

Gerichtsmediziner, das ganze Paket", beauftragte er mit
kurzem Atem Max.
Die Anspannung des Heranpirschens, die ungewohnte
Luft in der Hütte, der Fund des Mädchens, all diese
Faktoren überforderten ihn in diesem Moment. „Ich
brauche Sauerstoff", wisperte er kaum verständlich, bevor
er schnell die Flucht nach draußen ergriff.
Gierig sogn sich seine Lunge mit der kalten Nachtluft
voll und erschöpft lehnte er mit einem leichten Seufzen
an der hölzernen Außenwand.
„Jemand führt uns seit Tagen an der Nase herum, nur um
uns hier eine Leiche zu präsentieren. Wie krank ist denn
das?", murmelte er für sich.
Wenige Augenblicke später trat Max ins Freie heraus.
„Chef, alles klar bei dir?"
„Geht schon wieder. Lass doch von Porschers Leuten die
Gegend absuchen. Ich vertrete mir ein paar Meter die
Beine. Mein Kopf muss wieder klar werden."
„Roger", kam als Antwort, bevor Max Porscher die Bitte
überbrachte. Danach klemmte er sich an sein Handy und
orderte SpuSi und Rechtsmedizin zur Hütte.
Kartl nahm wahr, wie der Chef des SEK seine Leute
instruierte.
„Durchforstet doch mal die nähere Umgebung", sprach
dieser ganz leise. „Vielleicht entdeckt ihr irgendetwas.
Aber Vorsicht, wir wissen nicht, ob sich Jemand in der
Nähe herum treibt."
Während Kartl sodann nach links von der Hütte wegging,
orientierte sich das SEK erst einmal nach vorne und rechts
davon. Ein paar Beamte blieben zur Bewachung zurück.
*Bin ich ein Narr? Ist es ein Fehler gewesen, nicht auf Max zu
hören wegen der Beschattung?*

Gebückt und voller Selbstzweifel tappte Kartl langsam weiter in die Dunkelheit hinein. *Mein Gefühl sagt mir zwar, die Tatsache hat keinen Einfluss auf das Geschehen, aber wer weiß.* Er drehte sich um, suchte die Hütte, die er nicht mehr entdeckte. „Mann, bin ich nachtblind", brummelte er in sich hinein. „Ich hoffe, ich bin halbwegs gerade gelaufen." Tastend durch die Dunkelheit machte er sich auf den Rückweg. „Aber ich bekomme dich, das verspreche ich dir", tönte er schließlich in die Stille hinaus.

***

Lange schon beobachtete er die Szenerie. Die Kommissare in ihrem Auto, wartend auf das Einsatzkommando. Später die Ankunft der Verstärkung, die Lagebesprechung. Obwohl er in ausreichender Entfernung ausharrte, vernahm der Schatten einzelnen Wortfetzen.
Seine Gestalt vereinte sich mit der grenzenlosen Finsternis. Die Augen richteten sich starr und regungslos auf die Geschehnisse.

***

Sie nahmen ihn nicht wahr. Zu fixiert gestaltete sich ihr Weg zur Hütte. Für den Moment existierte kein Links und Rechts. Irgendwann flammte ein Lichtschein im Inneren der Hütte auf.
Jetzt wechselte er seinen Standort. Verlagerte ihn in den Bereich hinter der Hütte. Jeden Schritt setzte er wie einstudiert. Meter für Meter bewegte er sich ohne Nachzudenken. Einen Fuß vor dem anderen im Rhythmus

der Selbstverständlichkeit. Versteckt duckte er sich hinter der Hütte weg.

Bis er zu seiner Überraschung den Kommissar von der Hütte weggehen sah. Rasch bewegte sich der Schatten ebenso in diese Richtung. Parallel dazu, gesichert und im vermeindlich sichereren Abstand. Manchmal meinte er die Kontur des Kommissars zu erkennen. Doch lediglich blieb das Gefühl seiner Nähe.

Lautlos bewegte er sich über den Schneeboden. Bis er in sich erschrak, ob der wahrzunehmenden Stimme des Kommissars.

Was war das?, dachte sich der Schatten. *Du willst mich kriegen?*

Mühsam unterdrückte er ein Kichern, bevor er, lauter als gewollt, direkt Antwort darauf gab. „Du bekommst mich, wenn ich das will."

Kurz darauf verschwand der Schatten. Vereint mit der Unsichtbarkeit über den Feldern zwischen Ebersbach und Marloffstein.

***

Kartl tappte langsam wieder zurück. Immer dem kleinen Lichtschein, der aus der Hütte nach außen dringt, folgen. Ist ja nicht so schwer, bemerkte er für sich.

Hoffentlich erscheint die SpuSi bald. Gerade noch festhängend bei diesem Gedanken erschauerte es ihn kurz innerlich. *Was war das gerade?* Überrascht drehte er den Kopf nach rechts. *Wie ein Flüstern.*

Neugierig zog er nun seine Lampe aus der Jackentasche, um etwas erhaschen zu können. Aber sie beleuchtete nur

Schnee, vereiste Felder und ein paar Sträucher in seiner Nähe.

„Ich höre schon Gespenster reden“, sprach er zu sich selbst. „Na gut, habe ich mich wohl getäuscht.“

Just im selben Moment tauchten zwei Männer des SEK seitlich von ihm auf.

Kartl zuckte leicht in sich zusammen. „Mensch, habt ihr mich erschreckt.“

„Wir wollten schon immer mal einen Kommissar bei der Arbeit erschrecken“, amüsierten sie sich.

„Ihr seid mir ja tolle Witzbolde. Und ich habe schon gemeint, ich höre das Gras reden.“

„Wir schauen mal“, meinten sie nur kurz dazu und verschwanden wieder im Nichts.

Kurz darauf erreichte Kartl völlig geschafft die Hütte. Max lehnte am Türrahmen der Eingangstür. Drei Beamte vom SEK standen locker an seiner Seite. Keiner sprach ein Wort. Alle anscheinend in sich selbst gekehrt.

„Max, alles organisiert?“

„Selbstverständlich! Wird wohl noch ein kleines Weilchen dauern, bis sie hier eintreffen.“

„Macht nichts, wir können ja eh nichts machen, bevor alle Spuren aufgenommen sind. Hätte auf dich hören sollen. Wegen der Beschattung und so.“

„Bassd scho. Ich bin mir auch nicht sicher, ob dies von Vorteil ist.“

„Auf jeden Fall hat er uns mit seinem Buchstabenrätsel ordentlich verkohlt. Warum nur das Versteckspiel mit der Leiche? Das verstehe ich nicht.“

„Und wenn er nicht der Mörder ist?“

„Dieses Mal nehme ich deine Aussage ernst.“

„Wenn die Tote identifiziert ist, wird es uns hoffentlich einen Schritt weiterhelfen. Bin gespannt darauf, was das Motiv anbelangt. Aber wir haben jetzt einen echten Fall."

„Und eine echte Leiche", unkte Kartl humorlos in den kalten Himmel des begonnenen Samstags. „Schau mal, die SEKler kommen zurück."

Porscher beendete mit seinen Männern die Begutachtung des Geländes rund um die Hütte. „Nichts Auffälliges", bemerkte er.

„Danke. Könnt ihr uns noch ein bisschen helfen?"

„Worum geht´s?"

„Die Straße unten absichern, dass keiner hier herauf kommt, wenn die SpuSi da ist. Nicht dass sich doch ein paar Schaulustige verirren."

„Männer, ihr habt´s gehört. Wir rücken hier ab."

Der gesamte Trupp bewegte sich langsam von ihnen weg, bis sie die Nacht verschluckte. Von der Hütte aus sah man nicht das Geringste von der Verbindungsstraße.

Kartl blickte zufrieden. *Sie bilden die Kette der Undurchlässigkeit, damit hier oben jeder in Ruhe seine Arbeit erledigen kann.*

Eine halbe Stunde später beendete die SpuSi schlagartig die ländliche Ruhe dieser Nacht. Der Ort um die Hütte herum wurde großräumig abgesperrt und helles Licht flutete einen großen Bereich um die Hütte.

Die Spurensicherung übernahm den Tatort. Eine Unmenge an Spuren nahmen sie auf. Die Kameras hielten jeden Punkt fest. Berechnungen führten sie durch, beobachteten und markierten jedes noch so unwichtig erscheinende Teilchen.

Günther, der Gerichtsmediziner, verschaffte sich erste Eindrücke von den Todesumständen der jungen Frau,

ohne jedoch noch einen kleinen Seitenhieb loszuwerden.
„Jetzt habt ihr ja eure Leiche. Respekt."
Die beiden Kommissaren sahen sich nur schweigend an
und übergingen wohlwollend seinen Kommentar. Für
den Moment verschwanden sie wieder aus dem Raum
und überließen anderen den Tatort.
„Wenn Kramer nicht als Mörder in Frage kommt – was ja
noch nicht bewiesen ist – wer hat seine dreckigen Finger
im Spiel? Wer führte uns hierher? Und vor allem warum?",
sprach Kartl vor der Tür.
„Wir müssen auf jeden Fall so schnell wie möglich ein
Bild von der Toten ins Internet stellen. Vielleicht erkennt
sie jemand. Freunde oder Verwandte", überlegte Max.
„Meinst du nicht, dass er sich längst aus dem Staub
gemacht hat? Selbst sein zugelassenes Auto ist nicht
gesichtet worden."
„Früher oder später muss er aus seiner Verborgenheit
rauskommen. Ist die Preisgabe dieses Verstecks ein erster
Akt von Aufgabe?"
„Oder er wählt genau diesen Zeitpunkt, um unterzutauchen.
Auf den Weg zu einer karibischen Insel oder in die
Ostblockstaaten. Der Zoll muss uns bei der Suche nach
ihm unterstützen. Zudem dürfen wir nicht vergessen,
alle Flughäfen und -daten zu kontrollieren."
„Warum legt uns jemand die einzelnen Buchstaben vor
die Füße und danach noch dreist eine Leiche hinterher?
Wie dem auch sei. Fragen wir mal nach, ob es schon
irgendwelche Hinweise gibt."
*Die Beobachtung eines Tatortes, die Spurensuche, ist immer
wieder ein bizarres, einmaliges Bild,* überlegte sich Kartl, als sie
in die Hütte eintraten. *Wobei die Arbeit der Spusi immer ein*

wenig an Außerirdische erinnert. Mit ihren Ganzkörperoveralls,
schmunzelte er.

„Günther, erzähl uns was", richtete er sofort die Frage an ihren Gerichtsmediziner.

„Seid ihr glücklich, dass ihr endlich richtig ermitteln könnt? Spaß beiseite. Ein trauriger Anlass. So ein hübsches Mädchen. Schaut sie euch an. Jammerschade."

„Wirklich ein Graus", gab ihm Kartl Recht. „Kannst du schon was zur Todesursache und -zeitpunkt sagen?"

„Denke schon."

„Schieß mal los."

„Seht ihr hier die Hautblutungen und Würgemale vorne und seitlich am Hals?"

Dabei deutete er mit seinen Fingern zu den bewussten Stellen. Die beiden Kommissare nickten. Der Hals der Toten lag frei, damit sie ein besseres Bild von den Verletzungen bekamen.

„Unregelmäßig groß", fuhr Günther unbeirrt fort. „Hier punktförmige Einblutungen in den Bindehäuten. Hämatome am Kehlkopf. Leichte Blaufärbung im Gesicht. Was ist passiert?"

„Sie wurde erwürgt", stieß Max hastig hervor.

„Stimmt", nickte ihm Günther anerkennend zu.

„Mann, bist du ein Streber. Du liest wirklich zu viele Krimis", entgegnete Kartl.

„Sie ist überrascht worden", redete Günther weiter. „Der Kehlkopf ist unversehrt. Sie hat sich nicht gewehrt, das arme Ding."

„Kommt eine Frau als Täterin in Frage?", warf Max ein.

„Ich denke nicht. Der Todeszeitpunkt übrigens könnte sich mit dem Datum eurer Anrufe decken."

„Ach ja?", spitzte Kartl hellhörig seine Ohren.

„Zwar ist der Verfall noch nicht soweit fortgeschritten, wie er sein müsste. Aber bei den Temperaturen und der Abgeschlossenheit der Hütte relativiert sich das Ganze. Aber ich werde sie eh zur Obduktion in unser Labor transportieren, bevor wir später den Leichnam freigeben.“
„Danke dir.“ Kartl gab Max einen Wink, ihm zu folgen. Sie entfernten sich etliche Meter von der Hütte weg. „Was haben wir?“
„Nicht viel. Die Tote hat keinerlei Ausweispapiere dabei. Keinen Geldbeutel, keinen Schmuck, nichts dergleichen. Denke, da will uns einer die Aufklärung gewaltig erschweren.“
„Fahren wir ins Präsidium oder gönnen uns ein paar Stunden Schlaf?“, überlegte Kartl.
„Eher das Zweite. Das Foto der Getöteten können wir über die SpuSi in Auftrag geben. Ob wir am Wochenende so viel Erfolg damit im Internet haben? Wir werden sehen.“
„Okay, spring schnell nochmal zur Hütte und veranlasse das mit dem Bild. Du weißt ja. Erst die jungen, unverbrauchten Beine.“ Ein verschmitzter Ausdruck verlieh Kartls Gesicht einen lausbubartigen Anschein.
„Ich kenne das anders. Erst das Alte aufbrauchen“, lachte Max und verschwand zügig in Richtung Hütte.
Kartl orientierte sich derweil zur Straße hin. An der Absperrung angekommen, verabschiedete er sich von Porscher und dankte für die Unterstützung in der heutigen Nacht.
„Wir werden so lange bleiben, bis alle fertig sind“, versprach dieser noch zum Schluss.
Müde nahm Kartl im Wageninneren Platz. *Die weitere Arbeit müssen jetzt die Kollegen erledigen.*
Es dauerte fast zehn Minuten, ehe Max am Auto erschien.

„Alles erledigt?", wollte Kartl wissen.

„Ja", erhielt er als Antwort.

Während sie auf der Straße nach Ebersbach zurückfuhren, meinte Kartl, ein Schatten huschte über die Felder. *Wahrscheinlich ein Reh,* überlegte er sich für den Moment. Ein paar Stunden später, so vereinbarten sie es, wollten sie sich wieder zur Lagebesprechung im Büro treffen. Max stieg in sein eigenes Auto und somit verließen beide endgültig den Radius des Fundortes der Leiche.

***

Es war kein Reh. Nur der Schatten, welcher ein letztes Mal einen Blick auf die Kommissare warf, um schließlich in der Finsternis zu verschwinden.

***

Kapitel 9

Mittlerweile war eine Woche vergangen, seit sie das erste Mal in diesem Fall ermittelt hatten.

Als sie Samstagmorgen wieder in ihrem Büro eintrafen, stapelten sich schon die Unterlagen auf ihren Plätzen. Berichte der Spurensicherung, Auswertungen der gefundenen Fingerabdrücke und jede Menge Fotos verlangten ihre volle Aufmerksamkeit. Lediglich der Obduktionsbericht fehlte noch.

Mit einer frischen Tasse Kaffee begannen sie alles zu sichten, um die notwendigen Fakten herauszufiltern.

„Nur merkwürdig", stellte Kartl fest, „dass keiner am Zehntplatz das Verschleppen bemerkt hat. Wie ist die Leiche abtransportiert worden?" Bevor er weitersprach, stand er auf und ging bei den nächsten Ausführungen quer durch ihr Büro. „Angenommen, das Auto steht gleich um die Ecke. Er tötet sie von hinten. Sie fällt in seine Arme. Sauschwer. Ihm gleitet sie aus den Händen. Fällt zu Boden. Er schleift den leblosen Körper ein Stück, bis er die Hausecke erreicht. Aktiviert seine letzten Kräfte, hebt den Leichnam auf und trägt ihn die letzten Meter zum PKW. Legt sie erneut ab, sperrt den Kofferraum auf, wuchtet den Körper hinein und versteckt ihn dort. Und keiner sieht was?"

„Das ist gar nicht so unwahrscheinlich. Von etlichen Wohnungen der Anrufer hast du keinen Einblick auf den Brunnenbereich. Der Rest verdunkelt seine Räumlichkeiten mit einer Jalousie, wenn das Schlafzimmer zur Seite des Zehntplatzes gerichtet ist. Somit hast du in dem Moment keine Zeugen", analysierte Max.

„Klingt plausibel. Ein geplanter Mord oder ist es eine Tat im Affekt gewesen? Was meinst du?"

„Schwierig", antwortete Max, „leider wissen wir immer noch nicht, um wenn es sich handelt. Die unbekannte Tote. In der Hütte sind jede Menge Fingerabdrücke vorgefunden worden. Viele von Kramer, unserem Tatverdächtigen. Denke mal, er ist unser Mörder."

„Ich weiß nicht so recht. Die Beweise sind erdrückend, ja, da gebe ich dir Recht. Aber irgendwas in mir sträubt sich dagegen."

„Die Fahndung läuft auf jeden Fall auf Hochtouren."

„Wo treibt sich dieser Mistkerl nur herum?", fragte sein Chef in den Raum hinein. „Gib das Fahndungsfoto an alle heraus, die Streife fahren. Sie sollen ihre Augen offen halten. Vielleicht entdecken sie ihn irgendwo. Haust mit Sicherheit in der näheren Umgebung. Er braucht was zum Essen, zum Trinken, seinen Stoff."

„Gibt es einen Zusammenhang mit seiner alten Firma? Vielleicht ist die Tote eine Arbeitskollegin gewesen?"

„Besuchen wir die Firma am Montag und nehmen sie unter die Lupe."

„Okay. Vielleicht ergibt sich ein erkennbares Motiv, wenn wir eine Verbindung zwischen unserem vermutlichen Mörder und dem Opfer herstellen können."

Kartl grübelte über ihren Tatverdächtigen nach. *Hubertus Kramer, hochintelligent. Aber warum driftet jemand wie er auf die Schattenseite der Gesellschaft ab?*

Ihm kam eine Idee. Schnell gab er Max einen Auftrag, bevor das Ganze seine Gehirnzellen wieder verließ. „Ruf

mal bei der Forchheimer Zeitung an. Ob es im Archiv irgendwas über unseren Mann im Zusammenhang mit seiner ehemaligen Firma gibt. Wäre ja möglich, dass Berichte darüber existieren."
„Chef, da mach ich mich lieber gleich selber auf den Weg. Nach Nürnberg ins Haupthaus. Da ist am Samstag auf jeden Fall jemand da, der mir weiterhelfen kann."

Somit verweilte Kartl die nächsten Stunden alleine in seinem Büro. Wie auf der Suche nach der Stecknadel im Heuhaufen. *Solange wir das Opfer nicht kennen, bleibt der Fall ein weiteres Rätsel.*
Nochmals sortierte er die kompletten Unterlagen mit den Ergebnissen der Nacht. Keine neuen Fingerabdrücke oder sonstige Spuren, die im System anschlugen. Keine Fasern, keine Hinweise vor der Hütte. *Und doch muss doch der Kerl sie irgendwie dort hingebracht haben.*

Gegen Mittag suchte ihn Günther auf. „Schau mal, mein vorläufiger Bericht."
Kartl, schon voller Neugierde, warf sofort einen Blick hinein. „Ach ja, okay. Erwürgt. Todeszeitpunkt Freitagnacht vor einer Woche. Deckt sich von der Zeit her mit den Anrufen. Keine Fingerabdrücke. Männlicher Täter."
„Traurige Gewissheit", entgegnete Günther. „Von meiner Seite aus kann die Leiche freigegeben werden. Sprichst du mit ihren Angehörigen, wenn ihre Identität feststeht?"
„Mach ich", seufzte Kartl. „Was machst du morgen am Sonntag?"
„Wenn keine Leiche gemeldet wird, werde ich mir ein gutes Buch nehmen, mich zurücklehnen und ausspannen."
„Das glaube ich, brauche ich auch. Relaxen."

„Dann mach's gut und bis Montag in aller Frische. Ich verzieh mich."

„Danke dir und bis übermorgen."

Günther verschwand ins restliche Wochenende und erneut kehrte Ruhe im Büro ein.

Schon komisch, dass sich keiner meldet. Was aber, wenn sie keine Einheimische ist, wenig Freunde hat? Was für eine Woche. Die reinste Achterbahn der Gefühle. Mal sehen, in welche Abgründe die Ermittlungen uns noch hinein driften.

Mit jedem weiteren Gedanken sank die Aufmerksamkeit von Kartl. Sein Körper brach langsam in sich zusammen. Der Kopf wog schwer, die Augenlider drückte es nach unten. Schließlich döste er in seinem schwarzen, gepolsterten Stuhl einfach vor sich hin.

Bis zum Zeitpunkt, indem Max ziemlich lautstark die Bürotür öffnete. „Sepp, aufwachen! Genug geschlafen", rief er laut in den Raum.

Kartl zuckte ruckartig zusammen. Ganz aufgewühlt öffneten sich schlagartig seine Augen. „Mensch, hast du mich erschreckt!"

„Wann gelingt mir das sonst", machte sich Max lustig über ihn.

„Veräppele mich nicht. Du weißt doch, im Schlaf kommen die besten Ideen." Doch sichtlich ernst wirkte sein Gesichtsausdruck dabei nicht. „Was riecht denn da so lecker?"

„Ich habe Kaffee und Döner für jeden von uns dabei."

„Du erlöst mich."

Während Max die mitgebrachten Leckereien verteilte, entdeckte Kartl den Stapel Papiere, den Max mitgebrachte. Allerdings begannen sie erst einmal schweigend ihre

Mahlzeit einzunehmen. Zwischen zwei Bissen schob Max seinem Chef die Ausdrucke über den Schreibtisch hinüber. Konzentriert auf sein Essen warf Kartl nur einen Seitenblick in die Unterlagen. *Interne Ermittlungen, Korruptionsverdacht, Unternehmen zieht Konsequenzen,* las er auf die Schnelle.
„Um was geht es bei den Überschriften?“, schoss er los, kaum dass der letzte Bissen den Weg in seinen Magen fand.
„Wahnsinn“, unterbrach Max sein Kauen, „so schnell bringe ich das nicht rein. Warte noch einen Moment.“
Ungeduldig wippte Kartl derweil auf seinem Stuhl. *Ich habe jetzt keine Lust zu lesen.*
Max wischte sich in aller Ruhe den Mund sauber, nahm einen Schluck Kaffee, bevor er loslegte. „Eine echt abgefahrene Geschichte. Das glaubst du kaum. Der Konzern steht ja schon lange im Verdacht, sich durch Bestechung Vorteile bei der Auftragsvergabe zu verschaffen. Zuvor habe ich immer gedacht, das kommt nur in den obersten Kreisen einer Firma vor. Aufsichtsräte und so. Dabei halten anscheinend alle die Hand auf, sobald Geld fließt.“
„Ist unser Mann ein wenig zu geldgierig geworden?“, warf sein Chef ein.
„Weiß es nicht genau. Er war Abteilungsleiter für Verfahrenstechnik mit weltweiten Ausschreibungen. Hauptsächlich in Südamerika. Von dort ist auch der Stein ins Rollen gebracht worden. Erste Korruptions- und Verdachtsmomente tauchen auf. Um das Blickfeld zu verlagern, den Millionenstrafen zu entgehen, haben sie ein Bauernopfer gebraucht und gefunden. Kramer, unseren Hauptverdächtigen. So steht es zumindest in den Artikeln. Ob es die ganze Wahrheit ist? Keine Ahnung.“
„Ach, sieh an.“ Kartl nickte.

„Anscheinend haben sie ihn eine Zeit lang observiert. Es ist durchgesickert, dass er sich ab und an eine Prise Kokain in die Nase verabreicht hat. Sie haben sein Haus durchsucht, sind fündig geworden und somit ist der Druck auf ihn zu groß geworden. Auf jeden Fall haben sie im gegenseitigen Einverständnis seinen Vertrag aufgelöst. Ob eine Abfindung gezahlt worden ist, steht hier nirgends." Sichtlich von den Geschehnissen mitgenommen, legte Max eine Kunstpause ein. „Vielleicht haben sie ihn auch mit dem Drogenbesitz erpresst. Die ganze Geschichte ereignet sich vor einem Jahr. Kurze Zeit nach seiner Freistellung ist der Verdacht gegen die Firma eingestellt worden. Alles wieder paletti, sauber und rein."

„Lass mich raten. Sie haben seine Seele zerstört."

„Vielleicht. Zumindest eine Möglichkeit. Ersetzt wurde er durch eine junge Frau aus seiner alten Abteilung. Manuela Meyer, 32 Jahre alt. Zudem wird im Zeitungsartikel angedeutet, die Internas für die Presse stammen aus seinem näheren Arbeitsumfeld."

„Vielleicht hat er sich jetzt gerächt. Hast du ein Bild von der Frau?"

„Leider nein, sie wird nur beiläufig in den Berichten erwähnt. Zu dumm aber auch, dass wir keinerlei Papiere von ihr gefunden haben."

„Das wäre doch in unserem Fall viel zu einfach. Den Namen Meyer gibt es zudem noch wie den Sand am Meer. Vielleicht werden wir ja noch fündig oder es meldet sich jemand."

„Da hast du auch wieder Recht. Warten wir es ab. Das Schlimme bei solchen Firmen ist es ja, um das Soll zu erfüllen, ist es völlig egal, welchen Weg du gehst. Entweder du erfüllst die Marge. Was anscheinend oft genug nur über

Bestechung geht. Dann ist alles gut. Wenn es allerdings publik wird, bis du der Depp."

„Oder?"

„Schaffst du die Zahlen nicht, ist dein Platz als Abteilungsleiters oder was auch immer du bist ein Schleudersitz. Wie du es anstellst, es ist ein Teufelsjob."

„Vielleicht ist ja Manuela Meyer unser Opfer. Der Kreis würde sich schließen. Unsere perfekte Kette. Täter, Opfer, Motiv."

„Fall gelöst. Das wäre super. Aber irgendwie glaube ich das noch nicht. Hat sich schon jemand wegen des Fotos in meiner Abwesenheit gemeldet?"

„Nein, es gibt wirklich nicht den geringsten Hinweis. Mir ist schon der Gedanke gekommen, dass es sich um eine Zugereiste handelt."

„Vielleicht. Arbeiten ja viele aus anderen Bundesländern in Erlangen."

„Montag früh tauchen wir in der Firma auf. Vielleicht kannst du noch ein paar Mann Verstärkung dafür organisieren", schlug Kartl vor.

„Geht klar. An welche Uhrzeit denkst du wegen des Treffpunkts?"

„Sag ihnen um neun Uhr. In der Nähe der Firma. Aber sie sollen sich dezent verhalten, bis wir sie instruieren."

„Reicht acht Uhr für uns beide hier?"

„Denke schon. Zum Sichten der Lage und anschließender Fahrt nach Erlangen ist das ausreichend. Oder sagen wir lieber halb acht. Nicht dass wir im Stau stehen oder es am Ende schneit."

„In Ordnung. Ich bring das noch auf den Weg. Wenn es etwas Neues gibt, du weißt ja, wo du mich findest."

„Nein, wo denn?"

„In Bamberg", kommentierte Max sehr erfreut.

„Dann hau ab", forderte ihn Kartl lachend auf.

„Hoffentlich sind wir auf dem richtigen Weg. Nicht das uns eine weitere Leiche in die Quere kommt."

„Verschwinde", wollte er noch hinterher rufen. Allerdings verließ Max so flugs das Büro, dass die Worte an der Tür zurückprallten.

Schmunzelnd packte Kartl seinen Mantel, ein letzter Blick fiel aus dem Fenster und nun aber nichts wie weg. Ein paar Stunden Schlaf und heute Abend auf nach Ebersbach. In aller Ruhe den Abend genießen und morgen die Beine hochlegen.

Frohe Gedanken begleiteten ihn auf seinem Weg aus der Dienststelle.

Kapitel 10

Samstagabend in Ebersbach im *Gasthaus zur Traube*. Kartl
vertilgte mit großem Appetit sein bestelltes Schnitzel. *Nicht
irgendein Schnitzel. Nein. In der Pfanne gebraten. Ein Gedicht.
Wobei,* dachte er sich, *in ein paar Wochen, wenn die Kellersaison
eröffnet wird, werde ich mich hier rar machen.* Er freute sich
schon sehr auf die warmen, lauschigen Nächte in den
zahlreichen Biergärten in der Fränkischen Schweiz.
*Wenn wir nicht gerade in einem Mordfall ermitteln. Aber das
Lokal in Ebersbach bekommt schon jetzt einen Ehrenplatz in
meinem Herzen.*
Nach dem Essen lehnte er sich genüsslich in seinem Eck
in der Gaststube zurück.
Warum hat uns der Täter zu seinem Opfer geführt?, überlegte er
sich. *Vermutlich wäre sie erst viel später entdeckt worden. Bei der
Jagd oder von irgendwelchen Landstreichern, die Unterschlupf
für eine Nacht suchen. Gehört das zum Spiel? Oder will er
uns provozieren? Die Polizei auf ihre Unfähigkeit hinweisen?*
Kartl fiel es schwer, sich einen Reim darauf zu machen.
*Vielleicht ist Kramer nur benutzt worden, damit andere aus der
Schusslinie treten konnten. Um sich ihre Hände in Unschuld
zu waschen. Korruption … Nein, das vereinbart sich nicht mit
unserer Moral. Öffentlich zumindest nicht. Und trotzdem …
Wurde dadurch ein unbescholtener Bürger wie Kramer zum
gewaltbereiten Monster? Steckt in uns allen ein kleiner Mörder?
… Wenn wir provoziert werden? In die Enge getrieben? …
Was haben sie dir angetan?*

So verging der Abend in Ebersbach. Kartl vertiefte sich in den Fall und die Zeiger der Uhr rückten stetig näher an Mitternacht heran.

***

Der Schatten, den keiner sah, stand an einer verborgenen Ecke. Eingehüllt von ewiger Dunkelheit. Spitzte immer wieder einmal vorsichtig in das Innere der Gaststätte hinein. Bemerkte dabei den zufrieden Ausdruck im Gesicht des Kommissars.
Stumm verbrachte er seine Zeit. Einsam in der kalten Nacht. Berufen für seine Aufgabe. Seinem Schicksal.
Bevor er sich wieder verlor mit dem Nichts in der schwarzen Ferne.

***

Spät verließ Kartl die Gaststätte. Auf dem Weg zu seinem Wagen beschlich ihn ein mulmiges Gefühl. *Wie schaut es heute aus? Wieder eine Botschaft des Mörders?*
Noch ein paar Schritte und er fühlte sich in seiner Vermutung bestätigt. Erneut klemmte ein Stück Papier an seiner Windschutzscheibe.
Eine neue Botschaft?, mutmaßte er. *Warum erschreckt mich das nicht mehr? Verhindert meine eigene Beschattung irgendetwas? Nein! Der Mord ist unabhängig davon passiert. Unser Täter ist ja nicht blöd. Schnell merkt er, was da läuft. Meine Taktik ändern. Nein, denn Täter, die sich sicher fühlen, begehen irgendwann Fehler und werden leichtsinnig.*
Auf das spekulierte er, um im richtigen Moment die Schlinge zuzuziehen.

Neugierig nahm er den Zettel ab und breitete ihn vor sich aus. Groß prankten ihm drei Sätze entgegen.

Fahren Sie zum Kreuzweiher. Warum? Bei der ersten Bank am linken Seeufer werden Sie sehen warum.

Kalter Schweiß brach bei Kartl aus. Er hasste nichts mehr als solche Spielchen.

Was soll ich unternehmen? Alle zusammen trommeln? Oder erst einmal eigenständig handeln?

Er entschied sich, alleine dorthin zu fahren.

Sicherlich werde ich beobachtet, überlegte er. *Wenn ich mit dem ganzen Kommando anrücke, wird es ihm zu brenzlig und ich bekomme nicht raus, was er will. Max kann ich immer noch verständigen, wenn ich es für nötig halte. Solange ich keine Leiche finde. Er wird es verstehen.*

Mit diesen Gedanken begab er sich auf den Weg zum *Kreuzweiher.* Ohne Navi, denn der Ort war ihm wohl bekannt.

Vor ein paar Jahren hatte sich dort in einer lauen Sommernacht eine lautstarke Auseinandersetzung zwischen zwei Hitzköpfen ereignet. Im Laufe ihres Fights hatte einer der Streithähne den anderen unter Wasser gedrückt. Doch als dieser nicht mehr aufgetaucht war, hatten sie die Polizei verständigt. Somit waren sie als Mordkommission einschließlich der Taucher am *Kreuzweiher* angerückt.

Bis sich alles als blinder Alarm herausgestellt hatte. Der Vermisste, sinnigerweise ein Rettungstaucher, war unerkannt zum anderen Ufer geschwommen.

Dieser hatte das ziemlich lustig gefunden, dem Anderen eins auszuwischen. Mitten in der ganzen Suchaktion war er allerdings recht kleinlaut und reumütig zurückgekehrt.

Alleine die Vorstellung, nur einen Meter in den Weiher zu steigen, veranlasste bei Kartl ein Kopfschütteln. *Diese Brühe ist wahrlich kein Eldorado zum Baden oder Erfrischen.* Schnell erreichte er die Verbindungsstraße nach Kalchreuth. Ungefähr auf der Hälfte der Strecke nahm er die Abzweigung links zum *Kreuzweiher.*
Eine gewisse Aufregung sensibilisierte seine Sinne. *Was wird mich dort erwarten? Mache ich gerade einen Fehler?* Langsam lenkte er den Wagen über die schlechte Wegstrecke, bis die Scheinwerfer einen diffusen Blick auf den Weiher freigaben. Er stellte den Motor ab, nahm seine Taschenlampe aus dem Handschuhfach, stieg aus und bewegte sich vorsichtig in Richtung der beschriebenen Stelle.

Die Lichtstrahlen erfassten eine Sitzbank, die in der Nähe des Ufers stand.
Was für ein stiller, außergewöhnlich stiller und unheimlicher Ort. Ein kalter Schauer lief über seinen Rücken.
Nach einem Schritt vorwärts erspähte sein Blick eine helle Sporttasche. Oben auf der Bank abgestellt.
Gut, für eine Leiche zu klein. Oder es sind die Einzelteile, durchschoss ihn dieser makabre Gedanke.
Vorsichtig näherte er sich dem Objekt.
Was willst du mir zeigen?, überlegte er unsicher für sich.
In den Sprossen der Lehne von der Bank klemmte Kartl die Taschenlampe ein, um in dem zurückfließenden Licht die Tasche näher betrachten zu können.
Weiß, mit gelben Streifen. Kein Markenprodukt. Mit einem Reißverschluss der Länge nach. Zwei Seitentaschen, die offen stehen. Schäbig, abgenutzt. Dick, wie ausgestopft, so entstand sein erster Eindruck.

Seine Finger kribbelten, leichter Schweiß zog als kleines Rinnsal seitlich an seiner Stirn hinab. Obwohl die Außentemperatur keinen Anlass dafür gab, stieg seine Körpertemperatur stetig an.

Mit einem energischen „Dann wollen wir mal", versuchte er, den Reißverschluss zu öffnen. Im nächsten Moment versagte fast sein Blutdruck. Taumelnd schreckte er zurück.

„Ach du heilige Scheiße", entfuhr es seinem entsetztem Mund.

Je weiter er den Reißverschluss aufzog - sie quollen nur so heraus. Banknoten, viele Banknoten. Bündel über Bündel. Banknoten ohne Ende.

Über Kartls Augen legte sich ein Schleier der Vernebelung. In all den Jahren seiner Dienstzeit bedeutete dies die mit Abstand größte Geldmenge, die er je gefunden hatte.

Und das mitten in der Nacht, tief in der Pampa und ganz alleine, stellte er voller Besorgnis fest.

Auf dem obersten Geldpäckchen bemerkte er ein weißes Kuvert.

Da schau her. Das Ganze ist mit einer Nachricht garniert. Verflixt. Er riss ihn verärgert ab, öffnete dem Umschlag, um seinen Inhalt herauszufischen.

Zuerst stach ihm die Überschrift entgegen: *Was würden Sie mit einer Million machen?*

Etwas kleiner ging es im restlichen Text weiter. *Das habe ich mich auch immer gefragt. Zweistellige Zuwachsraten gegen die Konkurrenz. Wo sollen diese Aufträge alle herkommen? Dem Unternehmen habe ich jahrelang Milliarden in die Kasse gespült. Da ist die Million für mich ein Taschengeld gewesen. Dafür habe ich für alle meinen Arsch hingehalten.*

Kartl unterbrach kurz das Lesen, blickte sich um, ließ seine Augen über den dunklen Kreuzweiher schweifen. Neugierig widmete er sich den weiteren Zeilen.

Jeder wusste es. Dass es ohne Schmiergelder nicht geht. Die ganze Abteilung, der Aufsichtsrat, einfach alle. Nur öffentlich gemacht werden, das durfte es nicht. Keinem Menschen ist es aufgefallen, weil alle mitgespielt haben. Bis sie angefangen hat herum zu stöbern, diese machtgeile Tussie.

Wo kommen wir denn hin, wenn wir uns alle bereichern?

Bla, Bla, Bla. Ihre Worte!

Was für hohle Worte.

Kurz vernahm er ein Knistern in den Bäumen zur linken Seite. Schnell nahm Kartl seine Taschenlampe und versuchte etwas zu erkennen. Aber außer den leicht im Wind wehenden Zweigen vernahm er nicht Ungewöhnliches. Somit fuhr er mit dem Lesen fort. „Wo war ich stehen geblieben? Ach hier." grummelte er.

Ich gebe dir Geld, du gibst mir einen guten Preis und dafür bekommt man den Auftrag. So läuft das Geschäft nun mal.

Sie hat angefangen, mich zu überwachen. In meiner Naivität ist mir dies verborgen geblieben.

Bis die Falle zugeschnappt ist. Auf einmal distanzierte sich jeder von mir. Ich bin weggeworfen worden wie eine alte Kartoffel. Nach fünfundzwanzig Jahren im Unternehmen.

Gut, letztendlich habe ich mich über den Tisch ziehen lassen. Für eine Million Euro.

Knister. Erneut vernahm er dieses Geräusch. „Wie vorhin. Das gibt es doch nicht."

Doch er ließ sich nicht aus der Ruhe bringen und nahm erneut den Zettel hoch.

Jetzt will ich nur noch meine Unschuld beweisen. Machen Sie mit dem Geld, was Sie wollen. Kaufen Sie sich eine Villa, ein Boot, setzen Sie sich ab oder ermitteln gradlinig an der Aufklärung in diesem Fall. Jetzt, Herr Kommissar, ist es Ihre Entscheidung, wie käuflich Sie sind.

Von Minute zu Minute fühlte sich Kartl sichtlich unwohler. Er versuchte weiterzulesen, was sich langsam schwieriger bewerkstelligen ließ. Das Blatt schräg ins Licht haltend, dazu die zu kleine Schrift für seine matten Augen.

Herr Kommissar, ich habe ein Spiel mit Ihnen begonnen. Habe nur testen wollen, ob Sie allen Spuren nachgehen. Das Hauptdetail ist Ihnen dabei entgangen. Ich bin nicht der Mörder, den Sie so dringend brauchen. Fahndungsdruck, sage ich da nur.

Ja, wir haben uns gestritten.

Aber sie hat mich dorthin bestellt!

Warum?

Keine Ahnung!

Ich habe es erst viel später herausgefunden. Vielleicht zu spät. Aber in dem Moment, indem ich sie sah, drehte ich durch. Alles kam wieder hoch, die ganze Ungerechtigkeit, die mich aus der Bahn warf.

Knister. Knister.

„Zum Teufel noch mal. Ist da jemand", schrie Kartl in den Wald hinein. Eine Antwort bekam er nicht. „Werde das doch noch endgültig fertig lesen dürfen."

Nach einem abermals intensiven Blick zur Seite fuhr er fort.

Sie hat mich fürchterlich genervt, so dass ich ihr eine geschmiert habe. Wir begannen ein kleines Handgemenge, in dessen Verlauf mein Armkettchen kaputt gegangen ist. Einen Teil konnte ich noch festhalten, der andere flog leider zu Boden, wie Sie ja schon bemerkt haben. Zum Aufheben ist mir leider keine Zeit mehr geblieben. Zu wütend bin ich gewesen.

So bin ich ganz schnell abgehauen, voller Panik. Habe Sie einfach stehen gelassen. Und Gott bewahre mich, sie hat zu dem Zeitpunkt noch gelebt.

Knister.

Diesel Mal ignorierte Kartl das Geräusch vollkommen.

Aber ich bin noch nicht sehr weit um die Ecke gelaufen, da habe ich diesen Schrei von ihr vernommen, in dem die Luft richtig erzittert war. Nur diesen einen Schrei, danach brutale Stille. Schnell bin ich umgekehrt, schaute um die Ecke und da sah ich sie im kalten Schnee liegen.

Tod!

Kein Mensch weit und breit sonst.

Realisiert habe ich das Ganze überhaupt nicht. Was war hier passiert? Ich habe noch mehr Angst bekommen, als die, die ich eh schon in mir getragen habe.

Ab diesem Moment setzte mein Verstand aus. So bin ich vorsichtig, aber dennoch zügig zu ihr hin gegangen und zog sie ein Stück weg. Das ist mir zu mühselig gewesen. Ich trug sie somit den Rest der Strecke zu meinem Auto. Schließlich schaffte ich es, sie ins Auto zu verfrachten und in die Hütte zu bringen. Die kenne ich von meinen unzähligen Wanderungen in der Gegend hier.

Knister. Dieses Mal störte das Brechen eines Astes Kartl am Weiterlesen. Erneut wandte er sich Bäumen zu seiner linken Seite zu. „Was ist das? Ein Tier? Beobachtet mich jemand? Ist derjenige jetzt abgehauen?", sprach er zu sich selbst. „Aber ist mir einerlei. Wenn ich ein Großaufgebot bestelle, ist er schon weg, bevor ich das Telefonat beende." Somit lenkte er seine Aufmerksamkeit wieder der Botschaft zu.

*Hier entstand auch die Idee, mit Ihnen ein wenig zu spielen.
Ich musste einfach Zeit gewinnen, so meine Überlegung. Ich
frage mich die ganze Zeit, wer profitiert von dem Mord?
Und ich will Sie einfach testen, Herr Kommissar. Zu viele
korrupte Leute kreuzten all die Jahre meinen Weg. Warum also
bei der Polizei die große Ausnahme?
Aber ich denke, ich kann Ihnen vertrauen. Nehmen Sie es mir
nicht übel. Stellen werde ich mich erst, wenn der wahre Mörder
gefasst ist. So lange halte ich mich versteckt. Mein Leben ist
mir noch was wert. Auch wenn Sie eventuell vermuten, der
legt eh keinen Wert mehr darauf.
Jetzt sind Sie am Zug.
Was ist die Wahrheit?
Oder Sie finden den Mörder vor mir.*
Kartl blickte ungläubig auf den Zettel in seiner Hand.
„Das glaube ich jetzt nicht wirklich“, hauchte er in den
Nachthimmel vom *Kreuzweiher*.

***

Ganz ruhig verharrte er in seiner geschützten Umgebung.
Der Schatten der Belauerung. Zielgenau den Kommissar
im Blick. Auch wenn er nur schemenhaft im dezenten Licht
der Taschenlampe sichtbar erschien. Innere Zufriedenheit
beherrschte die Gefühlswelt des Schattens. Lautlos ging
sein Atem, versteckt hinter einem dicken Schal.
Bis er sich unvorsichtig verhielt, ein paar Mal fast über
einen Ast stolperte. Vorsichtig entfernte er sich ein paar
Meter. Nicht dass der Kommissar noch auf die Idee kam,
im Wald zu suchen.

***

Kartl stand noch völlig irritiert an der Bank und betrachtete
ungläubig die Geldmengen. Der Gedanke eines möglichen
Zaungastes beflügelte nicht im Geringsten sein Gehirn.
„Bin ich jetzt alleine hier oder nicht?"
Er verwarf den Gedanken wieder. Denn die Realität des
Briefes in seinen Händen zeigte ihm deutlich ihre bisherige
misslungene Aufklärung des Falles.
Irgendwie bin ich gerade im falschen Film, ging es ihm durch
seinen leicht benebelten Kopf, bevor er enttäuscht zu
seinem Handy griff.
„Max, komm bitte auf der Stelle zum *Kreuzweiher*. Kennst
du, oder? Ordere gleich ein paar Mann von der SpuSi mit
dazu. Alles Weitere erkläre ich dir vor Ort. Beeile dich."
Er legte lieber schnell auf. Sonst würde sein Partner noch
auf die Idee kommen es zu hinterfragen: *Das schaffst du
doch alleine, oder nicht? Hast es ja bisher auch getan.*
Aber er benötigte ihn hier bei sich.
Alleine mit dem ganzen Geld wartete er auf die Verstärkung.
Selten in seinem Leben fühlte er sich so unwohl wie just
in diesem Moment.
Die nächsten vierzig Minuten erschienen ihm als die
längsten in seinem Leben. Was ging ihm alles durch den
Kopf.
Was für ein Leben mit einer Million?
Ein paar Bündel davon einstecken?
Mit Max teilen?
Abhauen? Aussteigen. Woanders beginnen?
„Alles Blödsinn", stieß er verächtlich hervor. „Ich bin
nicht käuflich."
*Wenn jetzt zufällig einer vorbeikommt und mich ausraubt,
das glaubt mir ja keiner.* So hirnte er vor sich hin, bis die
Wartezeit endlich ein Ende nahm.

Zwischenzeitlich kämpfte er sogar mit der Angst, dass seine Taschenlampe den Geist aufgab und ihn im Dunkeln zurück ließ.

Gut, mit dem Scheinwerfern seines Wagens ließe sich die Landschaft auch noch ausleuchten, erwog er den rettenden Gedanken.

Ein Auto, vermutlich mit Max, so hoffte er, näherte sich dem *Kreuzweiher* und hielt am Ende neben seinem. Eine Person stieg aus. Vorsichtshalber leuchtete Kartl mit der Lampe in die Richtung des noch Unsichtbaren. Der Schnee knirschte unter den Schritten, die sich langsam näher an ihn heran orientierten.

„Max, bist du das?"

„Wer denn sonst? Der Mann im Mond?"

„Lass den Spaß. Ist kein Vergnügen, nachts alleine hier zu warten."

„Ich vereinbare meine Rendezvous generell woanders."

„Wie witzig."

„Warum schleppst du mich auch mitten in der Nacht an diesen Ort? Die Spurensicherung benötigt noch ein paar Minuten. Gibt es eine neue Leiche?"

Max ahnte noch nicht, was für eine Überraschung er gleich erleben sollte.

„Viel besser", antwortete ihm Kartl und leuchtete zur Tasche auf der Bank.

„Was ist das?", fragte sein Partner. Neugierig näherte er sich, nahm irritiert den Anblick auf und zog ganz tief Luft durch seine Lungen. „Oh, verrecke, spinne ich! Wo kommt das ganze Geld her? Hast du eine Bank ausgeraubt?"

„Sehr witzig", antwortete dieser knapp.

„Und jetzt weißt du nicht, was du damit machen sollst.
Ruf ich halt mal nachts den Max an. Vielleicht teilt der ja
den Haufen mit mir."
„Du spinnst doch, du Schmarrer. Wenn ich wirklich so
viel geklaut hätte, würde ich nicht mir dir teilen."
„Nicht?", äußerte Max gespielt enttäuscht. „Na prima.
Aber jetzt im Ernst, wo kommt das ganze Geld her?"
Er griff sich einen Bündel der Geldscheine. „Wie viel ist
das überhaupt?"
„Eine Million."
Max pfiff anerkennend zwischen seine Zähne hindurch.
„An meinem Auto entdeckte ich nach meinem gemütlichen
Abend einen anonymen Zettel. Mit der Aufforderung
hierher zu fahren. Das habe ich dann auch gemacht."
„Und hast dir gedacht, da schaue ich einfach mal so
alleine in der Nacht vorbei. Mitten im Wald. Auf dem
Präsentierteller. Als lebendige Zielscheibe", entgegnete
Max zornig.
„Ach geh, ist doch nichts passiert."
„Du bist unverbesserlich."
„Habe dich ja jetzt geholt."
„Ist dir doch zu mulmig geworden?"
„Das lag oben auf den Geldscheinen." Kartl übergab ihm
den Brief.
Max las ihn in aller Ruhe im düsteren Licht der
Taschenlampe durch. Als er am Ende ankam, stieß er
einen langen Seufzer aus. „Was für ein Wahnsinn."
Da wird mir ja gleich ganz anders, spürte er in seinem Körper.
„Mann oh Mann, da kriegt man ja ganz feuchte Hände.
Wie lange müssen wir dafür arbeiten?"

„Sehr lange. Da sind wir schon auf Jahre verwest und
es ist immer noch nicht diese Summe auf dem Konto,
entgegnete ihm Kartl“

„Sind wir die ganze Zeit auf der falschen Fährte gewesen?“
Kopfschüttelnd ließ er den Inhalt auf sich wirken.

„Ich weiß auch nicht. Verstehe nur nicht, warum er die
Leiche nicht einfach liegen hat lassen. Wer macht sich
denn so eine Mühe? Wenn er angeblich nichts mit dem
Mord zu schaffen hat?“

„Vielleicht vermutet er, wir sehen ihn eh als
Hauptverdächtigen, sobald die Leiche gefunden ist. So
schafft er den Spielraum, den er anscheinend braucht, um
seine Unschuld zu beweisen. Wenn er die Wahrheit sagt.
Zudem zeigt er sich extrem misstrauisch“, überlegte Max.

„Natürlich. In unserem Fadenkreuz der Verdächtigen
gehört ihm die Nummer eins. Hat er nicht alle Spuren dafür
selbst gelegt? Mit den vielen Hinweisen, den Buchstaben.
Ist doch krank das Ganze, oder?“

„Wenn wir ihn nicht als Mörder einstufen können und
der Brief die Wahrheit beinhaltet, ist Kramer hochgradig
bedroht. Das muss ihm bewusst sein.“

Kartl tippelte nervös von einem Bein auf das andere. „Weißt
du, das habe ich auch schon x-mal durchgespielt. Aber
wo steckt er dann? All unsere bisherigen Anstrengungen,
ihn zu finden. Bisher ohne Erfolg.“

„Stimmt. Selbst der Zoll, die Flughäfen, Bahnhöfe.
Alles eingebunden. Und trotzdem scheint er spurlos
verschwunden.“

„Vielleicht traut er wirklich niemanden?“

„Würde ich in seiner Lage vermutlich auch nicht.“

„Hat er am Ende den Mörder beobachtet?“

„Auch denkbar.“

„Oder er kennt ihn sogar?"

„Viele Möglichkeiten. Was machen wir jetzt mit dem Geld? Teilen?"

„Nichts, was schöner wäre", lachte Kartl leise in die Nacht hinein.

„Träumen darf erlaubt sein. Aber ich sehe schon, es bleibt bei unserem Beamtentarif", feixte Max.

„Auf jeden Fall verschwinden wir, sobald die SpuSi hier aufschlägt. Ist mir zu viel Geld. Sollen die sich damit herumschlagen."

Wieder drehte sich Kartl um. *Irgendwie werde ich das Gefühl nicht los, dass wir nicht alleine sind.*

„Hoffe", redete er weiter, „sie finden Hinweise, die uns weiterbringen. Fuß- oder Autospuren, außer unseren eigenen. Fingerabdrücke am Geld oder der Sporttasche. Fasern, Haare. Vielleicht den kleinen Lichtblick, den wir brauchen."

„Bin auch froh, wenn wir weg sind. Sonst verfolgt mich das Geld noch im Schlaf. Diese Aufträge scheinen ziemlich lukrativ für die Firmen zu sein, dass man ohne mit der Wimper zu zucken eine Million Schweigegeld zahlt. Offiziell vermutlich als Abfindung getarnt. Aber das ist doch nicht normal."

„Die Kollegen vom Wirtschaftsdezernat werden am Montag vermutlich viele Fragen über die Herkunft des Geldes haben."

Motorengeräusche erfüllten die Luft. Langsam aber stetig wuchsen sie an. Das Zeichen für die beiden, dass sie bald das Kommando der SpuSi übergeben konnten.

Geräuschvoll eroberten die Ankommenden den Raum um den *Kreuzweiher*. Schwungvoll stießen sie ihre Türen auf, wirres Stimmengemurmel und geschäftiges Treiben im Einklang.

Die Kommissare gingen ihnen entgegen.

„Guten Abend", begrüßte sie Kartl und erklärte kurz den Grund des Stelldicheins.

„Wir haben eine Million in Scheinen, eine Sporttasche und vielleicht jede Menge Spuren, die uns zu dem Besitzer führen. Aber das ist jetzt euer Part." Mit tief in seinen Manteltaschen versteckten Händen drehte er sich zu Max herum. „Komm, wir verschwinden von hier."

Ratlosigkeit herrschte zunächst unter den Beamten der SpuSi. Ein wenig schwierig im ersten Moment, seinen Ausführungen zu folgen.

Doch zuerst stellten sie erst einmal in aller Ruhe ihre Utensilien zusammen und ganz am Anfang stand sowieso die Absperrung des Fundortes.

Während Max es sich schon im Auto gemütlich machte, stand Kartl noch ein paar Minuten in der frostigen Luft, um dem Treiben zuzuschauen. Ein ungutes Gefühl durchströmte ihn. *Was und wer spielt hier mit wem?*

Mit dem Beginn des Ausleuchtens und der Aufnahme der Spurensicherung vernahm er erstaunte Wortfetzen wie „Schaut mal her", „Wahnsinn", „So viel Kohle."

Letztendlich stieg auch er ein und sie fuhren mit ihren Wagen hintereinander langsam vom *Kreuzweiher* weg in Richtung Hauptstraße.

***

Mit ihnen verschwand der Schatten, der unbemerkt den ganzen Ablauf aus der etwas weiteren Entfernung gut geschützt beobachtete. Innerlich zufrieden orientierte er sich zielstrebig durch die dunkle Nacht. Weit weg vom *Kreuzweiher*, bis er wieder in seiner vertrauten Umgebung ankam.

***

1 Uhr nachts: Lagebesprechung im Kommissariat Forchheim.
Erschöpft lehnte Kartl in seinem Stuhl, während sich Max´ Blick voller Leere in die Dunkelheit hinaus richtete. *Was wird hier gespielt?*, grübelte er, *vom Mörder zum Unschuldigen? Haben wir uns getäuscht? Wie undurchschaubar alles im Moment auf uns wirkt.*
„Wenn der Brief die Wahrheit enthält", richtete Max das Wort an seinen Chef, „gibt es da draußen noch einen Verrückten. Dagegen erscheint mir Kramer wie ein Waisenkind . Wieder einmal stehen wir ohne jegliche neue Spur oder Verbindungen da."
„Erst haben wir keine Leiche. Nun kommt uns der vermeintliche Mörder abhanden, gab Kartl zu Bedenken"
„Oder es lockt uns jemand abermals auf eine falsche Fährte. Macht auf Unschuldslamm, damit wir ihn in Ruhe lassen."
„Am Ende vielleicht von ihm selbst unterschlagenes Geld. Und nun ist ihm alles zu heiß geworden. Der Mord, die Unterschlagung von Firmengelder. Kommt eine ganze Liste an Delikten zusammen."
„Sepp, es aber nicht so zutrifft, müssen wir ihn, praktisch gesehen, schützen. Ohne überhaupt zu wissen, wo er sich im Moment aufhalten könnte."
„Nur zu blöd, dass er keinen Namen im Brief erwähnt hat."
„Nein, nur machtgeile Tussie. Und da gibt es vermutlich mehrere", lachte Max.

„Ohne Namen bekommen wir keine neue Spur. Vielleicht erfahren wir am Montag in Erlangen mehr Details."

„Die Firma nehmen wir auseinander. Das stinkt doch alles bis zum Himmel."

„Max, wir brauchen noch einen Durch- suchungsbefehl. Besorgst du ihn dir vom Staatsanwalt?"

„Na klar. Wir müssen das ganze Umfeld in der Abteilung durchchecken."

Seufzend ergänzte Kartl. „Ja, ein Erfolgserlebnis wäre mal nicht schlecht. Möchte vermeiden, dass sie irgendwann wie die Aasgeier über uns herfallen."

„Was ich gar nicht verstehe, warum unser Mordopfer keiner vermisst. Vielleicht war sie nicht sehr beliebt und keiner will mit ihr was zu tun haben. Nur Feindschaften, wenig Freunde, keine Verwandten."

„Oder sie hat sich eine Auszeit genommen und jeder denkt, sie ist irgendwo unterwegs. Ist normal, ich würde dich auch nicht als verschollen melden während deines Jahresurlaubs."

„Aber schaut keiner ins Internet und erkennt sie?", wunderte sich Max.

„Anscheinend nicht. Vertrauen wir auf Montag."

„Um acht wie vereinbart bei dir?"

„Ja, das lassen wir so. Was machst du morgen? Deine neue Flamme besuchen?"

„Mit Sicherheit. Vielleicht meint es das Schicksal ja gut mit uns. Einen Tag ohne Einsatzbefehl, ohne Leiche, ohne Banknoten."

„Wie heißt sie überhaupt?"

„Anne. Was treibst du so?"

„Nichts vermutlich. Werde mich den ganzen Tag verkriechen. Lass uns verschwinden, ist eh schon spät genug."
„Zu Befehl", grinste Max und somit trennten sich kurz danach ihre Wege.

Während Max ab den frühen Sonntagmorgen die Zeit mit seiner Auserwählten genoss, verspürte Kartl keine Lust, den freien Tag an der frische Luft zu verbringen. Immer wieder erwischte er sich, wie er mit seinen Gedanken in sich kehrte.
Ein Erlebnis aus der Anfangszeit bei der Polizei drang dabei an die Oberfläche seiner Hirnwindungen. Als er sich im Anfangsstadium bei der Rosenheimer Mordkommission befunden hatte.
Das war auch so ein Scheiß-Fall, resümierte er in Gedanken. *Eine Prostituierte aus Osteuropa findet man getötet in ihrem eigens dafür angemieteten Appartement auf. Mein damaliger Chef vermutet hinter dem Mord einen Menschenhändlerring als Drahtzieher. Ich versuche ihn darauf hinzuweisen, es kann genauso gut der letzte Freier gewesen sein. Aber er wiegelt barsch ab. Den Fall haben sie wenig später als ungelöst zu den Akten gelegt.*
Unruhig lief er in seiner Wohnung auf und ab. Manchmal fiel sein Blick dabei zum Fenster hinaus.
Erst ein Jahr später, bei der Leiche eines Selbstmörders, lüftet sich das Geheimnis. In dem Abschiedsbrief, dem man in seiner Jackentasche findet, gesteht dieser den Mord an der Hure. Weil sie ihn auslacht, als er keinen hochbringt.
Ein tiefer Seufzer unterbrach kurz seine Gedanken.
Da brennen alle Sicherungen bei ihm durch. So schnell erlischt ein Menschenleben. Doch innerlich hat er sich nicht mehr von

der Schuld befreit. Somit ist für ihn selbst nur der Ausweg des Selbstmordes als Option geblieben.

Nachdenklichkeit übermannt ihn bei seinen eigenen Gedanken.

Mein Chef stellt am Ende alles so hin, als sei es alleine sein Verdienst, dass sich der Fall doch noch aufgeklärt hat. Ich habe mich wenig später nach Forchheim versetzen lassen.

Wieder fiel sein Blick nach draußen.

Eine ausgeschriebenen lukrative Stelle, die mich gereizt hat. Der Rest ist Geschichte. Viele Jahre verbringe ich dort im Morddezernat als Partner meines Chefs, bevor Max in meine Fußstapfen getreten ist.

Damals habe ich mir geschworen, nicht die gleichen Fehler zu machen. Nämlich Spuren zu ignorieren. Nicht alles wahrzunehmen. Das Gefühl der Gleichgültigkeit zuzulassen. Und dennoch habe ich meine Einschätzung gegen die von Max abgewogen. Im Ergebnis danach mich durchgesetzt. Ist es richtig gewesen? Ein Fehler? Hinterher ist immer alles besser zu beurteilen.

Grübelnd saß er mittlerweile in seinem gemütlichen Fernsehsessel.

Aber schon komisch, dass ich ins gleiche Fahrwasser geraten bin wie mein damaliger Chef in Rosenheim. Den Blick nach links kurz mal vernachlässigt. Hoffe, Max hat keinen schlechten Eindruck von mir gewonnen.

Ein wenig von einem kleinen und schlechten Gewissen stellte sich bei Kartl ein.

Natürlich stehen wir alle unter Erfolgsdruck. Erst keine Leiche. Alle machen sich lustig über das Ganze. Die Presse nimmt uns nicht ernst. Später, wenn wir nach Tagen immer noch keinen Mörder präsentieren, prügeln sie wieder auf uns ein.

Ihm fiel das Gespräch bei der Tageszeitung mit dem Gruber ein.

Der muss stillhalten. Bekommt die nötigen Informationen, die er braucht. Exklusiv und immer neu. Hoffe, der erinnert sich an unsere vereinbarte Abmachung. Trotzdem wird irgendwann die Unfähigkeit der Polizei die kleinste Schlagzeile sein. Und wenn es einfach nur interne Kritik gibt.

Kartl schnaufte tief durch.

Aufgeben gilt nicht. Allerdings nehme ich Hubertus Kramer noch nicht von der Liste der Verdächtigen.

Mit einem schmalen Lächeln beendete er seine Gedankenverwirrungen.

Wichtig ist mir, dass ich einen Partner habe, auf den ich mich verlassen kann. Dies ist zu 100 Prozent der Fall.

Das zufriedene Gefühl darüber verschob damit seine Gedankenwelt weit weg vom Fall. Die nächsten Stunden widmete er sich seiner geliebten klassischen Musik, bevor sich um 20.15 Uhr im Fernsehen den neuen Tatort reinzog. Spät am Abend verdunkelte sich seine Wohnung. Müde überwand er die letzten Schritte zu seinem Schlafzimmer, bevor der Schlaf die Mörderjagd für ein paar Stunden zu den Akten legte.

***

Auch der Schatten vorm Haus des Kommissars verblasste mit dem letzten Licht, welches nach außen strahlte. Kein Lächeln verzog sich auf seinem Gesicht. Sprach Enttäuschung aus ihm, dass der Kommissar sich zu

Hause verkroch? Unerwartet schnell entschwand er in
die weitläufige Nacht.

***

Kapitel 11

Montag früh. Es dämmerte gerade ein paar Minuten, aber schon seit geraumer Zeit befand sich Kartl auf den Beinen. *So,* überlegte er sich, *heute steht unser Großeinsatz in Erlangen auf dem Programm. Aber davor muss ich noch Max einsammeln.* Gegen halb acht schlenderte er gut gelaunt zu seinem Auto, genoss die Ruhe zu dieser Zeit, bevor er kopfschüttelnd den Zettel an der Windschutzscheibe seines Dienstwagens entdeckte.

Nach dem vorsichtigem Entfernen las er den Text leise sprechend vor sich hin. „Sind Sie auf der richtigen Fährte oder haben Sie schon aufgegeben?"

„Das denkst auch nur du. Was für ein Blödmann", knurrte er verärgert. „Wo auch immer du dich verkriechst. Wer bist du? Kramer? Jemand anderer? Zeig dich doch, du Feigling."

Geht es da weiter, wo ich gestern meine Gedanken beendet habe? Kartl verfluchte diesen Kerl. *Da blickt kein Mensch mehr durch,* rätselte er beim Einstieg in den Wagen.

Warum bin ich immer so hin- und hergerissen? Gibt es wirklich den anderen Tatverdächtigen? Warum hat keiner die Leiche am Boden bemerkt? Gut, der Blickwinkel ist bei den meisten Wohnungen nicht ideal. Trotzdem komisch, dass keiner merkt, wie sie verschleppt wird. Mehr aus Trotz fügte er hinzu. „Auch wenn du denkst, besonders schlau zu sein. Ich fasse dich."

Belustigt eroberte eine Idee seine Gehirnwindungen. *Wie kommt es an, wenn ich auch mal Kärtchen verteile. An diversen Windschutzscheiben. Wer fühlt sich zum Mörder berufen? Ruft mich an. Tag und Nacht.*

Angespannt nahm er Fahrt auf, um sich wenig später vor Max´ Haustür einzufinden. Es folgte ein kurzer Zwischenstopp bei der PI in Forchheim, bevor es später nach Erlangen weiterging.

„Ich komme nicht mit rein", verkündete Kartl zur Überraschung seines Partners beim Halt an ihrer Dienststelle.

„Platt, Chef?", zog dieser ihn auf.

„Wir können ja einen Wettlauf veranstalten."

„So wie das letzte Mal nach dem Besuch bei der Zeitung?"

„Ja. Da bin ich schneller als du gewesen. Zumindest einen kurzen Moment lang."

„Stimmt", lachte Max voller Inbrunst.

„Schau mal, ob es was Neues gibt. Und vergiss den Durchsuchungsbefehl nicht."

„Wie könnte ich? Bei dem Meister." Schnell verschwand er im Inneren des Gebäudes.

Kartl nutzte die Zeit, um mit seinem alten Spezl Prantl zu telefonieren. „Servus Prantl", meldete er sich, als er ihn am anderen Ende der Leitung wahrnahm.

„Servus Sepp. Schön von dir zu hören."

„Sag mal, kannst du mir einen Gefallen tun?"

„Um was geht es?"

„Dir ist doch der Anfang unserer Ermittlungen bekannt?"

„Ja, ist er. Aber ich habe gehört, ihr habt jetzt eine Leiche zu eurem Fall."

Ich trete ihm in die Rippen, ging es Kartl durch den Kopf.
„Mir lauert dauernd wer auf. Wir sind jetzt gleich bei einer Firma in Erlangen. Kannst du in der Zwischenzeit, wenn wir das Gebäude durchsuchen, mal die nähere Umgebung checken? Ob dir jemand auffällt, der sich verdächtig verhält. Neugierig wirkt. Als Zivilperson sozusagen."
„Müsste gehen. Aber das kostet dich eine Brotzeit."
„Selbstverständlich", antwortete er amüsiert.
„Na dann schieße mal los mit der Adresse."
Kartl nannte sie ihm, zuzüglich der Uhrzeit, zu der sie dort eintreffen würden.
„Da muss ich mich ja sputen."
„Danke dir, Prantl. Wir telefonieren später wieder."
„Bis dann."
Voller ehrlicher Genugtuung beendete Kartl das Gespräch. *Vielleicht findet er ja was heraus.*
Erwartungsvoll über den beginnenden Showdown wartete er geduldig, bis Max wieder zurück kehrte. Fünf Minuten später nahm dieser auf dem Beifahrersitz Platz. „Alles klar, wir können."
„Neuigkeiten?"
„Nein. Keine. Null Hinweise auf die Tote. Keine Fingerabdrücke auf der Sporttasche. Dafür jede Menge auf den Banknoten. Da muss das Labor erst mal schauen, ob ein brauchbarer dabei ist. Mehr erfahren wir morgen."
„Okay. Auf geht's."
Nach dem Verlassen von Forchheim nahmen sie zügig die Schnellstraße nach Erlangen. Um dreiviertel Neun erreichten sie das besagte Firmengelände im Norden der Stadt. Mächtig präsentierte sich ihnen ein großer Glaspalast mit zehn Stockwerken.

Auf dem ersten Blick stach der protzige Haupteingang ins Auge. Seitlich wies ein Schild auf einen weiteren Zugang in das Gebäude hin. Deshalb bestand die erste Handlung vor Ort darin zu verhindern, dass jemand stiften ging nd deshalb absolut notwendig ihre Verstärkung, welche von Beginn an die Eingänge dicht machte.

Kartl drängte zum Aufbruch und gab Max das Signal.
„So, wollen wir?"
„Ja Boss."
Mittlerweile zeigte die Uhr des Armaturenbrettes im Wagen fast neun Uhr. Im Großen und Ganzen herrschte entspannte Ruhe um das Objekt herum. Vereinzelt erschienen immer wieder Mitarbeiterinnen und Mitarbeiter zum Dienstbeginn.

Kartl erläuterte kurz ihre gemeinsame Vorgehensweise.
„Ich nehme den Haupt-, du den Seiteneingang. Jeder mit ein paar Beamten im Schlepptau. Wir positionieren sie dort, riegeln das komplette Gebäude ab. Vergewissere dich aber auch, dass es nicht noch einen Eingang oder eine Feuerleiter gibt. Wir beide treffen uns später am Haupteingang."
„Alles klar, Chef."
„Im Foyer befindet sich hoffentlich eine Anmeldung oder ein Info-Point. Dort schlagen wir als Erstes auf."
Kurz nach den letzten gesprochenen Worten erschien ihr bestelltes Großaufgebot. Beamte zur Sicherung des Gebäudes und aus der Abteilung Wirtschaftskriminalität.
„Los, auf geht's." Kartl verließ schon im Reden den Dienstwagen, während Max noch ein wenig hinterher hinkte. Er bemerkte vereinzelt neugierige Köpfe hinter den Glasflächen.

Das geht aber schnell. Wohl langweilig bei der Arbeit? Die Gaffernation, wunderte er sich.

„Wir müssen uns beeilen.", Max deutete zu den Fenstern hoch.

„Sehe es."

Schnell besprachen sie mit den eingetroffenen Beamten die Lage und die Aufgabenverteilung. Sogleich orientierten sich Kartl und Max, jeweils mit einen Trupp zur Sicherung des jeweiligen Eingangs an ihrer Seite ausgestattet, zu den Zugängen.

Kurz bevor sie ihre Position bezogen, sah Kartl den Chef der Abteilung Wirtschaftskriminalität unweit von sich stehen. Mit schnellen Schritten schnitt er ihm den Weg ab. „Guten Morgen Lothar."

„Morgen", gab dieser wortkarg zurück.

„Kannst du mit deinen Leuten noch warten, bis wir unten an der Anmeldung, falls eine vorhanden ist, wieder verschwunden sind?"

„Muss das sein?"

Mach es mir nicht so schwer. Sein mürrisches Wesen kannte Kartl nur zu gut. „Ja, das ist notwendig. Wäre dir sehr verbunden", bemerkte er überfreundlich. *Ein bisschen Honig um den Mund geschmiert schadet nie.* Innerlich zerplatzte er jedoch fast vor Ungeduld.

„Na gut. Wir warten."

„Danke."

Nach der klaren Absprache lief Kartl mit seinem Trupp zielstrebig auf die große Drehtüre an der Hauptseite des Gebäudes zu. Max gesellte sich mit seinen Männern zu dem kleinen, mit einer aus Holz ausgestatteten Tür, Nebeneingang rechter Hand zu. Dort ließ er seine Begleiter zurück, umrundete so weit er konnte das Gebäude. Zu

seiner Erleichterung fand er keinen weiteren Zugang. *Das müsste schon ein Tunnel sein,* grinste er.
Somit erschien er kurze Zeit darauf bei seinem Chef am Haupteingang. „Seite gesichert."
„Roger."
Daraufhin steuerten beide Kommissare zielstrebig durch die große Drehtür. Auf den ersten Blick offenbarte sich in der Mitte der Eingangshalle die Anmeldung für Kunden und Besucher. Eine hübsche, junge, rothaarige Frau beobachtete unsicher ihr Erscheinen und das Geschehen rund um den Firmensitz. Nervös kaute sie auf ihren rot lackierten Fingernägeln.
„Guten Morgen, die Dame. Kartl mein Name. Dies ist mein Kollege Neuner. Wir sind von der Mordkommission Forchheim. Hier haben Sie unseren Durchsuchungsbefehl. Falls einer Ihrer Chefs Fragen stellt. Wir würden gerne in die Abteilung eines ehemaligen Mitarbeiters von Ihnen. Sein Namen lautet Hubertus Kramer."
„Die Abteilung führt jetzt Frau Meyer. Leider ist sie noch nicht im Haus", flötete die Dame hinter dem Tresen in Richtung seines jüngeren Kollegen. „Wenn Sie möchten, kann ich gerne einen Termin für Sie vereinbaren. An welchem Tag diese Woche ist es Ihnen denn recht?"
Nicht ungewöhnlich für Kartl, dass die Frauenwelt seinem Partner zu Füßen lag. Seine Optik verblasste da richtig dagegen. „Fräulein, Sie bringen uns jetzt einfach in das betreffende Stockwerk", unterbrach er den billigen Flirtversuch. „Oder wollen Sie ein Verfahren wegen Behinderung der Ermittlungsarbeiten am Hals haben?"
Sie errötete, schluckte ein paar Mal heftig, bevor sie wieder die richtigen Worte fand.

„Ich rufe jemanden aus der Abteilung, der Sie hier abholt",
erwiderte sie erschreckt oder ertappt. Sie wählte eine
Nummer über ihr Display.
„Aber diskret bitte", warf Kartl ein.
Max warf ihm einen strafenden Blick zu.
„Guten Morgen Jörg, hier Jenny von der Anmeldung. Ein
Herr Kartl würde Sie gerne sprechen. Könnten Sie bitte
herunter kommen?"
Es entstand eine kleine Pause. Vermutlich antwortete der
Gesprächsteilnehmer am anderen Ende.
„Das will er mir nicht mitteilen."
Wieder dauerte es eine kleine Weile, bevor sie mit einem
„Danke" auflegte.
Mit immer noch geröteten Wangen, sowie zuckenden
Augenlidern, erteilte sie Kartl Auskunft über das Telefonat.
„Es kommt gleich jemand herunter. Es wird Herr Reiter
sein, er ist der Stellvertreter von Frau Meyer."
„Vielen Dank", warf Max ein, worauf sich ihre Gesichtsfarbe
gänzlich in ein Dunkelrot verwandelte.
Es dauerte nicht lange, bis sie schnelle Schritte vernahmen.
Ein Mann, Mitte Dreißig, gepflegte Erscheinung, kurzes,
blondes Haar, schlank, schritt in Richtung der Anmeldung.
Jenny sprach ihn hastig an, bevor jemand anderes das
Wort ergreifen konnte. „Jörg, die Herren sind von der
Polizei." Mit ihren Händen deutete sie unschuldig auf
die beiden wartenden Kommissare. „Sie wollen in die
Abteilung, in der Herrn Kramer gewesen ist. Ich habe
Ihnen gesagt, dass jetzt Frau Meyer die Abteilung leitet.
Aber sie ist heute noch nicht hier erschienen."
Kartl stellte sich und seinen Partner vor.
Ungelenk gab der smart wirkende Typ den beiden die
Hand. „Guten Morgen, Reiter mein Name. Ich werde

Ihnen sicher nicht weiterhelfen können, Herr Kommissar", bemerkte dieser. „Frau Meyer befindet sich seit zwei Wochen im Urlaub und heute beginnt, so glaube ich es, ihr erster Arbeitstag. Normalerweise arbeitet sie längst um diese Zeit in ihrem Büro. Vielleicht ein Stau. Dieser Verkehr heutzutage, richtig schlimm."
„Herr Reiter, ich habe hier einen Durch- suchungsbefehl. Alles andere würde ich gerne mit Ihnen in Ihrer Abteilung besprechen."
Sichtlich unwillig deutete er seine Zustimmung an. „Bitte folgen Sie mir."
Die Beiden hefteten sich an seine Fersen. Was sich bei dem vorgelegtem Tempo als gar nicht so einfach gestaltete. Zumindest was Kartl betraf. Es bereitete ihm erhebliche Mühe zu folgen. Schon nach ein paar Meter auf der Ebene schnaufte er angestrengt.
Mit dem Blick auf die Gestaltung des Gebäudes versuchte er sein Bewusstsein vom Lamentieren weg zu lenken. *Das Treppenhaus, sehr geschmackvoll angelegt. Wie schon die gesamte Empfangshalle. Warmer Charakter. Beige Farbtöne mit orangenen Blickfängen. Viel Glas, immer wieder durchsetzt durch mattweiße Aluminiumprofile. Dadurch entsteht im Inneren sehr viel Licht. Und es schaut sehr elegant aus.*
Kurz blieb er stehen, um einen Blick aus dem Gebäude zu werfen. Doch den Straßenbereich sah er von hier nicht ein. *Schade, upps. Jetzt aber hurtig hinterher.*
Der Abstand vergrößerte sich. Wieder lenkte er sich ab. *Was für eine Blumenpracht überall.*
An einer Ecke wucherte ein großer Elefantenbaum bereits mehr als drei Meter in die Höhe. Gegenüber entfaltete eine mächtige mediterrane Palme ihre ganze Schönheit. Im Absatz des Treppenhauses verzückte ihn

ein großer Benjamin. Kartl begeisterte sich zudem an der anspruchsvollen Architektur.

Mann oh Mann, das schaut nach richtig viel Kohle aus. Neidisch hinkte er weiter hinterher beim Stufen erklimmen. *Wenn ich da an unsere Einrichtung in der Dienststelle denke. Alles ein wenig schlichter. Aber dafür werden ja halt auch Steuergelder geopfert.*

„Jetzt geht es zum zweiten Stock, die spinnen doch. Gibt es hier keinen Aufzug?", flüsterte er vor sich hin.

Dort angelangt, warteten Herr Reiter und Max schon auf ihn.

Anscheinend müssen wir nicht weiter, hoffte Kartl.

„Hinter dieser Tür befindet sich unsere Abteilung. Aber, wie gesagt, Frau Meyer ist nicht da. Weiß nicht, wie wir Ihnen helfen können."

„Lassen Sie das mal unsere Sorge sein", entgegnete Max. Mit hängenden Schultern öffnete Reiter die Tür. Zu dritt betraten sie der Reihe nach den Arbeitsbereich.

Donnerwetter, verschlug es Kartl glatt die Sprache. *Nobel geht die Welt zu Grunde.*

Seine erfreuten Augen nahmen modernste Arbeitsplätze wahr. High-Tech-Computer, überdimensionale Bildschirme. Ein beiger Teppichboden dämpfte die Schritte der Eintretenden. Wuchtige Lederstühle vermittelten einen luxuriösen Flair.

Da würde ich auch gerne arbeiten, meinte Kartl zu sich selbst. Neugierig streiften seine Augen von der einen zur anderen Seite des Raumes. Fünf Arbeitsplätze im Ganzen nahm er wahr. Drei Frauen und zwei Männer verteilten sich daran. Sie beäugten alle neugierig die Ankömmlinge.

Im hinteren Bereich des Raumes zur linken Seite hin ein futuristischer Würfelbau. *Wie zusammengesetzte*

Glasbausteine, fiel ihm dazu ein. *Nur alle im gleichen, leicht bläulichen Farbton.*

Darin entdeckte er zwei weitere gut ausgestattete Tische. *Gehört einer dem Reiter?*

Kartl spürte förmlich die Spannung, die seit ihrem Erscheinen den Raum eroberte. Die Mitarbeiter hoben immer wieder interessiert ihre Köpfe, warfen Blicke in die Richtung der Kommissare. Nicht wissend, was für Besuch vor ihnen stand.

„Guten Morgen zusammen. Würden Sie bitte so nett sein, zu uns zu kommen." Kartl ergriff als Erster das Wort.

Langsam, mit neugierigem, verwirrtem Gesichtsausdruck, gesellten sich die Anwesenden um sie herum.

„Mein Name ist Kartl und dies ist mein Partner Herr Neuner. Morddezernat Forchheim. Wir ermitteln in einem Tötungsdelikt."

Er ließ seinen Augen in die Runde schweifen. *Drei Frauen, zwei Männer. Nichts Auffälliges im ersten Moment. Komisch, Der Reiter wirkt von allen am aufgeregtesten. Rote Flecken im Gesicht, unruhige Gesten. Der Rest bleibt stumm, regungslos, unauffällig.*

Im nächsten Moment stupste Kartl seinen Partner kurz und unauffällig an. Dieser stieg sofort ein und übernahm den weiteren Fortgang.

Wir sind ein perfekt eingespieltes Team, stellte Max noch kurz für sich fest, bevor er seine Worte an die Umstehenden richtete. „Vor ein paar Tagen haben wir die Leiche einer jungen Frau gefunden. Leider wissen wir nichts über ihre Identität. Hinweise über Herrn Kramer haben uns schließlich zu Ihnen geführt."

Kommissar Neuner langte in seine Jackentasche, zog ein Foto der Getöteten heraus und zeigte es in die Runde.

„Kennen Sie diese Frau?"

Kaum betrachteten die Ersten das Gesicht auf dem Bild, veränderte sich ihre Gestik in tiefe Bestürzung. Die Frauen fingen an zu schluchzen, die beiden Männer, nicht Herr Reiter, blickten fassungslos zu den beiden Beamten.

„Mein Gott, die Manuela, wie furchtbar", äußerte eine der Damen.

„Wie gibt es denn so was?", schniefte eine weitere.

„Was ist denn passiert?", fragte die Letzte unglaubwürdig. Die anwesenden Männer beschränkten sich auf ein erstauntes Augenverdrehen.

Bevor die Wortfetzen überhandnahmen, fragte Max knapp und emotionslos: „Also ist die Ermordete Frau Manuela Meyer?"

Allgemeines Nicken und Bejahen schlug ihm entgegen.

„Okay. Wir werden an Sie alle ein paar Fragen richten. Einzeln. In einem extra Raum. Sind das alle Kolleginnen und Kollegen, die in dieser Abteilung arbeiten?" Er richtete die letzte Frage an Reiter.

„Manchmal noch Frau Beyer. Sie springt bei Krankheitsfällen ein. Diese Tage befindet sie sich auf einer Fortbildung in Kiel. Sie dauert bis zum Freitagnachmittag."

„Okay", antwortete Kartl, „wir benötigen die Adresse der Seminareinrichtung, damit sich unsere Kollegen mit ihr vor Ort in Verbindung setzen können. Zudem werden wir alle uns wichtig erscheinenden Dinge beschlagnahmen. Computer, Dokumente, Ordner. Alles was uns wichtig erscheint."

„Das können Sie nicht tun", warf Herr Reiter energisch ein.

„Doch, dass werden wir sehr wohl veranlassen", widersprach ihm Max energisch. „Wir haben einen Durchsuchungsbefehl dabei. Wollen Sie sich dem Ganzen widersetzen? Wir können uns gerne direkt auf der Wache weiter unterhalten."

Zerknirscht verzog sich Reiter in eine Ecke der Abteilung. Abgewandt vom Rest.

Was ist das für ein Kasper?, überlegte Max, bevor er fortfuhr. „Die Befragung erfolgt bei unseren Kollegen. Ein leeres Büro werden wir sicherlich dafür finden. Vielen Dank einstweilen für Ihre Kooperation."

Leise sprach er zu Sepp: „Ich begebe mich gleich auf die Weg, um das vorzubereiten."

„Wenn du wieder hier bist, kümmern wir uns um die Arbeitsplätze vom Reiter und der Meyer. Solange musst du die SpuSi noch vertrösten."

„Geht in Ordnung Chef, bis gleich." Schnell verließ er den Raum.

Kartl schwieg eine Zeitlang. Schritt langsam durch den Raum, spitzte kurz aus dem Fenster. Schmunzelnd drehte er sich weg, als er unten in der Nähe des Gebäudes seinen alten Freund Prantl entdeckte.

„Herr Reiter", durchbrach er die Stille. *Wie die alle zusammenzucken.* „Ist das im Glaskasten Ihr Schreibtisch?"

„Ja", gab dieser sehr kleinlaut als Antwort zurück.

„Und der von Frau Meyer? Wo befindet der sich?"

„Auch da drinnen. Wir haben uns den kleinen Raum geteilt. *Na ja, klein ist ein bisschen untertrieben. Unser Büro ist nicht halb so groß,* überlegte Kartl. „Würden Sie mir bitte die Adresse von Frau Meyer aufschreiben?"

„Für was benötigen Sie diese? Wir nehmen den Datenschutz hier sehr erst. Dies ist von extrem großer Wichtigkeit in unserem Beruf. Deshalb darf ich Sie Ihnen nicht aushändigen."

Der macht sich ja überhaupt nicht verdächtig, grübelte Kartl. *Oder ist er einfach nur naiv und doof?* „Herr Reiter, was ist daran so schwierig? Als Ihr Stellvertreter dürfte dies sicherlich kein Problem sein. Möchten Sie eine Anzeige von mir wegen Behinderung von Ermittlungen?"

„Nein, ist ja gut. Ich schreibe Sie Ihnen auf."

„Wissen Sie die Daten auswendig?"

„Ja."

Merkwürdig, schoss es ihm in den Kopf, *ich muss schon bei Max ständig überlegen.*

„Hier", der Kommissar zog seine Visitenkarte einschließlich Stift aus seinem Jackeninneren, „schreiben Sie hinten drauf."

Mit zittrigen Fingern verewigte Reiter die Anschrift darauf. *Vor was hat der Angst?,* wunderte sich Kartl. „Vielen Dank."

Kurze Zeit später kehrte Max mit zwei Beamten im Schlepptau zurück.

Auffordernd richtete er an die anwesenden Mitarbeiterinnen und Mitarbeitern die nächsten Worte. „Bitte folgen Sie den beiden Beamten. Sie werden Ihnen alles Weitere erklären. Nochmals vielen Dank."

Ruhe kehrte ein, als die Tür sich wieder schloss.

„So, wir nehmen uns den Bereich vom Reiter und der Meyer unter die Lupe, bevor die SpuSi über alles herfällt", äußerte Kartl selbstbewusst.

Zielstrebig ging er auf den Glasbau zu. Keine persönlichen Details zierten die zwei darin befindlichen Schreibtische. Nur ein paar Stapel Dokumente erweckten zumindest ansatzweise den Eindruck von Tätigkeiten.

„So was von einem ungemütlichen und karg eingerichteten Arbeitsplatz. Wenn die auf meinen schauen", wunderte sich Kartl.

An beiden Seiten der Tische links und rechts standen ein paar kleine Schränkchen, sowie an der gegenüberliegenden Wand ein Hochschrank mit zwei Türen. Alles in silbergrau abgestimmt mit Metallelementen.

Jalousien rundherum verschafften die Möglichkeit, die Arbeitenden bei Bedarf abzuschotten. Einer der beiden Computer signalisierte durch den flimmernden Bildschirmschoner, dass er sich im Betriebsmodus befand.

„Max, das ist vermutlich der Arbeitsplatz vom Reiter. Schau mal, ob du in seinem Rechner reinkommst. Findest du nicht auch, dass er sich vorhin komisch benommen hat?"

„Ja, Chef. Der ist ziemlich nervös geworden. Vielleicht profitiert er vom Mord. Steigt in der Hierarchie nach oben. Ich werde mal versuchen, ob ich was herausfinde."

„In Ordnung. Vielleicht verbirgt sich ein Geheimnis hinter seinem erregten Gesicht."

Doch lange dauerte es nicht, bis Max auf Widerstand stieß.

„Der Computer ist Passwort geschützt. Den müssen sich unsere Techniker anschauen. Der andere Schreibtisch gehört wohl unserer Ermordeten. Lassen wir alles einpacken oder?"

Kartl blickte zu ihrem Platz. „Ja, werden wir. Ordentlich hat sie ihn verlassen, bevor sie in den Urlaub aufgebrochen ist. Nicht geahnt, dass es ein Urlaub für die Ewigkeit wird."

Er zerrte an den Schubladen ihrer Schränke. „Verschlossen."

Kartl nahm eine Büroklammer vom Schreibtisch und geschickt öffnete er in kürzester Zeit das Schloss.

Doch in den einzelnen Laden entdeckte er nichts Aufregendes. Nicht ein einziger Hinweis auf irgendwas

Persönliches. Etwas enttäuscht blickte er hoch. *Schon seltsam, selbst ich habe private Dinge in meinem Schub. Vielleicht haben die Kollegen der Technik mehr Erfolg als ich.*

„Da werden wir im Moment nicht fündig. Kümmerst du dich bitte um die Aussagen der Mitarbeiter? Schaust bei dem einen oder anderen mit rein. Ich fahre zur Wohnung der Verstorbenen. Morgen früh treffen wir uns wieder im Büro."

„Alles klar. Wenn ich irgendeine Spur entdecke, melde ich mich bei dir."

Kartl schaute noch einmal auf die Adresse von Frau Meyer auf seiner Visitenkarte.

„Fährst du mit den Kollegen zurück nach Forchheim?"

„Na logisch. Mach dir um mich keine Sorgen."

„Dann bis morgen. Wir hören uns, falls notwendig."

„Ja, in Ordnung."

Zuversichtlich verließ er das Büro, nahm den Aufzug nach unten, um nach dem Verlassen des Gebäudes sein Handy zu zücken. Neugierig wählte er die Nummer vom Prantl.

„Ja", meldete sich dieser am anderen Ende. Es hörte sich so weit weg an.

„Wo bist du? Ich verstehe dich kaum."

„Könnte dir winken. Oder wir spielen, ich sehe was, was du nicht siehst."

„Sehr witzig. Was entdeckt?"

„Negativ. So richtig verdächtig hat sich keiner gemacht. Oder derjenige ist raffinierter, als ich es vermutet habe."

„Einen Versuch ist es wert gewesen. Ich lass dich jetzt nicht auffliegen", lachte Kartl. „Wer weiß, vielleicht beobachtet er dich gerade."

„Wie nett von dir. Wann sehen wir uns wieder?"

„Hast du heute Abend schon was vor? Ich bin eh noch in
Erlangen unterwegs. Wir können uns im gleichen Lokal
wie beim letzten Mal treffen."
„Ist gebongt. Sagen wir 18 Uhr."
„Wunderbar. Bis dann, Prantl."
*So jetzt werde ich mal schauen, ob es Interessantes in ihrer
Wohnung zu entdecken gibt.*

Auf den Weg dorthin telefonierte er über die
Freisprechanlage noch mit Max. Es dauerte eine Weile,
bis er ihn an den Apparat bekam. „Wo habe ich dich
hergeholt? Vom Klo?"
„Was für ein Witzbold du manchmal bist. Nein, nur schnell
aus dem Verhörzimmer geschlichen. Bin gerade beim Reiter
seiner Befragung dabei gewesen. Wegen was rufst du an?"
„Versuche bitte ein paar Leute von der SpuSi zu mir zu
schicken. Vielleicht können sie ja welche entbehren. Sagst
du mir kurz Bescheid? Ob es klappt?"
„Melde mich gleich wieder."
Kartl lenkte derweilen seinen Wagen durch den
dichten Verkehr in Erlangen. Die digitale Anzeige im
Armaturenbrett zeigte 11.05 Uhr an.
Eine feine Wohngegend, bemerkte er beim Ankommen an der
gesuchten Adresse. *Verdient man wirklich so gut in dem Job?*
Seinen Wagen parkte er auf einem Bewohnerparkplatz,
die sich, wie die Pilze aus der Erde, überall vermehrten.
Normale Parkplätze erschienen in der Stadt mittlerweile
als Mangelware.
Zwischenzeitlich informierte ihn Max, dass die SpuSi in
einer guten halben Stunde eintreffen würde. Mit zwei
Mann. Der Rest würde in Erlangen gebraucht.

Somit hieß es jetzt im Moment einfach warten. Alleine verspürte Kartl sowieso keine Lust, die Wohnung zu betreten. Wissbegierig streifte er durch die Straßen, um ein Bild der näheren Umgebung zu bekommen.

Jugendstil prägte die Bauweise und den Charakter der Gebäude. Hinter einzelnen Fenstern entdeckte er die dafür typischen hohen Wände mit den Stuckelementen an den Decken.

Diese Bauten haben was ganz Ehrwürdiges, ging es Kartl durch den Kopf, *so viel Geschichte und dennoch jede Menge Verspieltes. Dort zu wohnen kann ich mir gut vorstellen. Aber die Miet- und Kaufpreise sind jenseits von Gut und Böse. Wobei, ich habe es mit meiner Bude in Forchheim nicht schlecht getroffen. Eine gediegene Anlage aus der Zeit der 80er-Jahre.*

Zwischendurch traf er wieder am Haus der Verstorbenen ein. An der Eingangstür spähte er auf die Namen auf der Klingelanlage.

Manuela Meyer, las er. *Anscheinend wohnt sie allein. Zweiter Stock. Nicht schon wieder,* brummelte er. *In diesen Häuser gibt es doch keinen Aufzug. So viel Fitness den ganzen Tag über.*

Fast eine dreiviertel Stunde vertrat er sich seine Beine. Zweimal rund um den ganzen Block herum. Etliche Male die Straße rauf und runter.

Überlegungen zum Fall prägten ihn aufs Neue. *Er packt mich schon an der Ehre. So hartnäckig undurchsichtig. Diesen Herrn Reiter bringe ich auch nicht aus meinem Kopf. Irgendwie signalisiert meine Nase bei ihm äußerste Aufmerksamkeit.*

Endlich bemerkte er das Auto der SpuSi um die Kurve einbiegen. „Da wird es Zeit", hauchte er frohen Mutes. Freundlich begrüßte er seine Verstärkung. „Wir müssen in den zweiten Stock. Einen Schlüssel gibt es nicht. Schauen wir mal, ob uns unten jemand aufmacht."

Er klingelte beim linken unteren Namen, in der Hoffnung, Einlass zu finden. Tatsächlich öffnete sich nach geraumer Zeit die Tür und am Treppenabsatz stand eine resolute, ältere Dame.

„Sie wünschen?", fragte sie neugierig und barsch.

„Vielen Dank, dass Sie uns aufgemacht haben. Kartl mein Name. Mordkommission Forchheim. Wir würden gerne zur Wohnung von Frau Meyer."

„Ist etwas passiert?"

„Leider ja. Sie wurde ermordet. Gibt es hier einen Hausmeister, der einen Schlüssel zur Wohnung besitzt? Sind Sie Frau Mrosek, wie es auf dem Klingelschild steht?"

„Das ist ja schrecklich", entgegnete die Dame völlig aufgewühlt. „Ja, das bin ich. Hildegard Mrosek. Ich wohne hier schon seit 65 Jahren. Noch nie ist etwas passiert." Mit Tränen in den Augen redete sie weiter. „Die Welt wird so böse."

„Haben Sie vielleicht einen Schlüssel?", unterbrach sie Kartl.

„Ich besitze von den meisten Wohnungen einen Ersatzschlüssel. Ich bin oft zuhause, da ich alleine lebe. Für viele einfach die gute Seele hier im Haus. Versorge ihre Blumen, leere die Briefkästen und so weiter, wenn sie längere Zeit nicht anwesend sind."

„Haben Sie auch einen Schlüssel von der Wohnung von Frau Meyer?", hoffte er inbrünstig.

„Den habe ich auch. Herr Kommissar, besitzen Sie einen Ausweis? Soll ja alles vorkommen heutzutage. Falsche Polizisten."

Kartl zückte sein Dokument und gab es ihr in die Hände, damit sie sich von der Echtheit überzeugte.

Sie überreichte ihm nach einer Weile den Pass wieder.
„Warten Sie bitte einen Moment."
„Wir laufen nicht weg", versprach Kartl.
Sie verschwand kurz in ihrer Wohnung und tauchte wenig später mit dem Schlüssel in der Hand wieder auf.
„Hier bitte. Bekomme ich ihn wieder?"
„Ich glaube nicht. Vielen Dank, Frau Mrosek."
Kartl signalisierte der SpuSi, die geduldig an der Eingangstür das Ganze beobachtet, ihm zu folgen.
„Frau Mrosek", fiel Kartl noch ein, „wann haben Sie Frau Meyer das letzte Mal gesehen?"
„Ist schon mehr als eine Woche her. Sie hat mir erzählt, dass sie im Moment im Urlaub ist."
„Hat sie öfters Besuch bekommen?"
Kartl spekulierte auf die Neugierde von älteren Menschen.
„Das weiß ich nicht. Ich wohne zwar alleine, aber ich gehöre nicht zu dem Schlag Menschen, die dauernd am Fenster oder als Spion in der Tür lungern."
„Wenn Ihnen irgendwas einfällt, was wichtig sein könnte."
Er überreichte ihr eine seiner Visitenkarten. „Hier. Nehmen Sie."
„Dann wollen wir mal nach oben", bemerkte er zu den Anderen und hinterließ eine ziemlich aufgelöste und ängstliche Frau.
Langsam begann Kartl Stufe für Stufe des Treppenhauses zu erobern. *Warum gestaltet es sich immer als so eine Plackerei?*, ging es ihm durch den Kopf. *Das Treppenhaus jedoch ist der Hammer. Mit dem alten Holzgeländer und den aufwändig renovierten Wänden. Ein Traum.*
Neidisch blickte er auf die vielen, kleinen Details. Die farblichen Komponenten. Es lenkte ihn ein wenig von der Anstrengung ab. Insgeheim versuchte er auch sein

lautes Schnaufen zu verbergen. Dies gelang ihm aber nicht wirklich. *Wahrscheinlich lachen die sich hinter mir den Ast ab. Warum ich so schleiche. Ich glaube, ich muss doch mal zum Arzt.*

Schließlich erreichten sie die obere Wohnungstür im zweiten Stock. Kartl holte ein paar Mal tief Luft, bevor er mit dem Schlüssel von Frau Mrosek öffnete.

Der erste Blick fiel in einen sehr inspirierend wirkenden Flur. Angenehme Wärme schlug ihnen entgegen. Draußen herrschte zu dieser Zeit immer noch kaltes Winterwetter. *Sie hat anscheinend nicht damit gerechnet, längere Zeit fort zu sein,* überlegte Kartl.

Zunächst verschaffte sich er sich einen Überblick über die Räumlichkeiten. Deren Zuschnitt und die Anordnung der Zimmer. Er entdeckte ein Bad, die Küche, je ein Wohn- und Schlafzimmer sowie ein Büro. Alles ordentlich, sehr sauber und gepflegt. Vom Wohnzimmer gelangte man auf einen kleinen Balkon, der den Blick auf den Innenhof freigab. *Schätze so 100 qm im Ganzen. Gefällt mir außerordentlich gut,* urteilte Kartl. *Sehr geschmackvoll. Allerdings scheint in der Küche nicht viel gekocht zu werden. So wie die ausschaut.* Er leitete etliche Parallelen zu seiner Wohnung ab. *Vielleicht ist es bei ihr ähnlich wie bei mir. Mittagessen in der Kantine. Am Abend Brot, Wurst und Käse. Wenn überhaupt. Ich gehe lieber essen, als mir die Mühe des alleinigen Kochens zu machen. So, wo fange ich an zu suchen?*

Die zwei Mitarbeiter der SpuSi konzentrierten sich mit ihren Aktivitäten am Anfang im Wohnzimmer.

Dem ersten Eindruck nach bewohnte sie die Wohnung alleine. Was aber nicht bedeutete, dass sie keinen Freund oder Liebhaber besessen hatte. *Aber soll der sie nicht schon längst vermissen?* Kartl wusste keine Antwort darauf.

Nirgends standen oder hingen private Fotos. Somit
beschloss er, im Schlafzimmer seine Suche zu beginnen.
*Komisch. Nur reiner Instinkt. Oder Erfahrung? Werde mal
den Inhalt ihrer Schubläden durchforsten. Ob ich etwas über
ihr Leben herausfinde? Oft werden hier Dinge versteckt, die
nicht so einfach oder zufällig gefunden werden sollen.*
Zu beiden Seiten eines großen Doppelbettes befand sich ein
Nachtkästchen. Abgerundet wurde das Ganze durch einen
viertürigen Kleiderschrank sowie einer kleinen Kommode.
Alle Möbelstücke in einem rustikalen Holznaturton. *Kann
Ulme sein,* rätselte Kartl.
Er steuerte zum Schränkchen auf der rechten Bettseite. Die
Schublade hier offenbarte ihm nichts wirklich Interessantes.
Ums Bett herum orientierte er sich auf die andere Seite
zum anderen Nachtkästchen.
Hier erweckte die zweite Lade von oben sofort seine
Aufmerksamkeit. Besonders eine Stoffmappe, welche
sich verborgen unter einem Stapel von Dessous befand.
Vorsichtig nahm er sie heraus und warf einen Blick hinein.
Zwischen verschiedenen Papieren, dessen Inhalt er auf
den ersten Blick nicht zuzuordnen vermochte, befand
sich ein Foto. Mit der rechten Hand zog er es heraus. „Da
schau mal einer an", entfuhr es ihm.
Es zeigte die Meyer, zusammen mit Reiter in einer innigen
Umarmung. Aufgenommen anscheinend irgendwo in
den Bergen.
Die heimliche Liebe?, fragte er sich.
Sein Blick forschte nun deutlicher durch die vielen Blätter
Papier. Er kramte sie durch, las die eine oder andere Seite
und stieß einen lauten Ton der Verwunderung aus.
Sie ist schwanger gewesen. Das entnahm er eindeutig aus
den Unterlagen. *Normalerweise jetzt im fünften Monat. Da hat*

der Doc im Untersuchungsbericht gar nichts darüber erwähnt,
stellte er voller Befremden fest.

Hastig und immer noch überrascht von dieser Neuigkeit wählte er die Nummer der Pathologie. Fast verlor er die Geduld und war schon im Begriff aufzulegen, da meldete sich doch noch jemand am Apparat.

„Günther, hier Sepp. Hör mal kurz zu. Die Tote aus der Hütte im Wald, die ihr untersucht habt. Ist sie schwanger gewesen?"

„Nein, uns ist nichts Ungewöhnliches aufgefallen."

„Kannst du sie nochmal untersuchen. Ob du Spuren eines Schwangerschaftsabbruches bei ihr feststellen kannst? Wäre sehr wichtig."

„Das mache ich. Bis morgen hast du das Ergebnis."

Der Schwangerschaftsnachweis in seinen Händen stammte von Ende Oktober. *Was ist seitdem passiert? Da muss ich mir den Reiter noch einmal genauer unter die Lupe nehmen. Im Moment gibt es zwar keinen konkreten Verdachtsmoment gegen ihn. Aber wer weiß. Wenn morgen alles ausgewertet ist, vielleicht sind wir der Wahrheit ein Stückchen näher gekommen.* Mit diesem Wunsch ergriff er erneut zum Telefon. „Du, Max, wie läuft es bei dir?", sprach er, nachdem er die Stimme seines Partners vernahm.

„Du rufst mich ja öfter an als meine Freundin", hörte er ihn feixen. „Die sind natürlich alle sehr aufgewühlt hier. Interessant ist die Tatsache, dass es Gerüchte über ein Verhältnis vom Reiter zu unserer Ermordeten gibt. Warum dies überhaupt so verheimlicht wird, verblüfft mich ehrlich gesagt ein wenig. Beide sind Single. Keiner jemals verheiratet. Ich werde mir den Reiter nochmal vorknöpfen."

„Du lass mal. Bestelle ihn für morgen Nachmittag gleich ins Präsidium. Sag einfach, er muss seine Aussage von heute dort noch unterschreiben. Lassen wir ihn in Sicherheit wiegen. Ich erkläre dir noch warum. Später werde ich versuchen, Frau Meyers nächste Angehörigen zu informieren. Sie müssen ja die Leiche identifizieren und damit sie bald möglichst eine angemessene Beerdigung bekommt. Wir sehen uns morgen im Büro." Mit diesen Worten legte er auf und blieb suchend eine geraume Weile vor Ort.

Die Kollegen der SpuSi stellten Unmengen von Ordnern wie einen Laptop sicher.

Nach einem letzten Blick ins Bad verließ Kartl die Wohnung. Es fanden sich keinerlei Details, dass Reiter bei ihr wohnte oder gewohnt hat. Auch keine Hinweise auf einen anderen Typen. *Irgendwie komisch. Die Nase voll von Männern?* Kartls Vermutungen zeugten in diesem Moment rein spekulativer Natur.

Mit der Tatsache ihrer Schwangerschaft im Hinterkopf fuhr er in seine Dienststelle zurück. Dort angekommen unternahm Kartl größte Anstrengungen, ihre Angehörigen aufzuspüren. Mit etwas Glück erforschte er die Adresse ihrer Eltern in Köln. Das Gespräch mit ihnen fiel ihm später am schwersten. Sie planten bis Dienstagnachmittag in Forchheim anzukommen.

Nach dem Verlassen des Kommissariats atmete er mehrmals kräftig durch. Ein Gedanke irrte seitdem die ganze Zeit durch seinen Kopf. *Wenn sie wirklich schwanger gewesen ist. Und jetzt nicht mehr. Wie hat sie es verloren? Abgetrieben? Auf dem Foto wirkt sie nicht so unglücklich.*

Begleitet von gemächlichen Schritten schnaufte er auf dem Weg zu seinem Wagen die kalte Luft in seine Lungen.

Kann mir nicht vorstellen, dass sie und der Reiter noch ein Paar sind. Vielleicht haben beide nur eine kleine Affäre gehabt. Schnelles Ende mit ungewolltem Betriebsunfall sozusagen. Dennoch verstehe ich die Geheimniskrämerei nicht. Da bin ich mal gespannt, was uns Reiter morgen dazu zu sagen hat. Eine weitere Tatsache, die ihn beunruhigte, war, dass sich immer noch keine Spur von Kramer fand. *Völlig in Luft aufgelöst. Wo ist er?* Unzufriedenheit beherrschte gerade sein Gemüt. *Mann, was für ein Tag heute! Ich muss mich ablenken.*

Mit gedämpften Optimismus versuchte er seine Gefühlswelt zu verändern. Platz machen für die Vorfreude mit seinem Kumpel Prantl gleich in Erlangen. Somit widmete er sich während der Fahrt dorthin voller Hingabe seiner Leidenschaft, der Musik.

Dennoch kreisten seine Gedanken immer wieder weg von den Klängen hin zum Fall. *Wo liegt die logische Verbindung zwischen Kramer, Meyer und Reiter? Was deutet auf den Hintergrund der Tat hin?*

Eine Idee befiel im nächsten Moment sein Gehirn. Schnell hielt er bei einer günstigen Möglichkeit rechts an. Er kramte einen Zettel nebst Stift hervor, um Notizen zu skizzieren. Wie bei einem Stammbaum ordnete er alle Beteiligten zu und schrieb jeweils ein paar Kommentare dahinter.

Hubertus Kramer - Enttäuschung, Rache.

Armin Reiter - Verschmähte Liebe, Neid, Hass.

Manuela Meyer - Opfer, Geliebte, Karriere.

Oder gibt es noch jemanden, der in diesen Kreis mit aufgenommen werden muss?

Ein großes Fragezeichen setzte er an den Schluss. Mit dieser fixen Auflistung im Gepäck fuhr er weiter, um sich in der Nähe des Lokals einen Parkplatz zu suchen.

Kapitel 12

Eine Viertelstunde später betrat er voller Lust auf den Abend die Gaststätte *Steinbach-Bräu*. Sein Freund saß schon gemütlich mit einem dunklen Bier am Platz in einer ruhigen Ecke des Lokales.

„Servus Prantl." Kartl begrüßte ihn herzlich.

„Mensch Sepp. Endlich da." Er winkte dem Fräulein und bestellte für ihn auch ein Bier.

„Das ist ja super. Ich sage dir, die ewige Parkplatzsuche hier."

„Komm, nimm Platz. Mach es dir gemütlich."

Mit einem tiefen Schnaufer zwängte sich Kartl auf die Bank.

„Was gibt es Neues?", eröffnete Prantl den dienstlichen Teil für heute.

„Stell dir vor, unser Mordopfer war laut den Dokumenten, die ich gefunden habe, schwanger. Und ihr Stellvertreter offenbart sich als Liebhaber, Freund, möglicher Vater. Keine Ahnung, was da genau abgelaufen ist."

„Du wirst es herausfinden."

„Hast du noch etwas neues Verdächtiges bei deiner Observation entdeckt."

„Nicht wirklich. Die meisten, ob zu Fuß oder mit dem Auto, erweckten einen harmlosen Eindruck. Nur einmal bin ich stutzig geworden, weil der Wagen einer privaten Autovermietung längere Zeit auf einem Seitenstreifen stand."

Kartl spitzte seine Ohren.

„Ich bin unscheinbar vorbeigelaufen. Der Fahrer grübelte über einem Stadtplan. Sein Gesicht war durch die getönten Scheiben nicht besonders gut sichtbar gewesen. Er parkte knapp eine halbe Stunde an dieser Stelle. Danach ist er wieder weggefahren. Vermutlich ein Auswärtiger, der sich in diese Gegend verirrt hat."
„Vielleicht."
„Aber ich habe dir aus rein beruflicher Vorausschau das Kennzeichen aufgeschrieben. Kannst ja morgen mal bei der Vermietung nachfragen, wer das Auto ausgeliehen hat." Prantl grinste.
„Du bist mir einer", lachte Kartl zurück. Dankend nahm er den Zettel, steckte ihn in die hintere Hosentasche und lehnte sich gemütlich zurück. „Ich sag dir, ein reiner Krimi ist dieser Fall."
„Man kann fast der Vermutung erliegen, du arbeitest bei der Kripo."
Inbrünstig verfielen zwei alte, erfahrene Beamte in ein heftiges Lachen.

Die nächsten Stunden verließen sie die Thematik Arbeit und verbrachten einfach einen schönen, gemeinsamen Abend. Erzählten sich Geschichten aus ihrem Leben, ihrer Jugend, ihren gescheiterten Ehen. Grinsten, wetteiferten, schlugen einen großen Bogen über ihr gesamtes Leben, ohne sich selbst ernst zu nehmen.
Gegen 23 Uhr zahlten beide und nahmen vor dem Lokal Abschied voneinander.
„Sepp, freue mich schon auf unser nächstes Treffen."
„Ich mich auch, Prantl. Aber da musst du mit mir in die Kneipe nach Ebersbach."
„Versprochen."

„In unserem Mordfall halte ich dich auf dem Laufenden."
„Geht klar", und schon verschwand Prantl in die nächste
Seitengasse.
Kartls Weg zum Auto gestaltete sich da schon ein paar
Minuten länger. Wieder herrschte ein kalter Wind an diesem
Abend. *Es wird Zeit, dass der Frühling langsam vorbeischaut.*
Ihm und vielen anderen schlug das kalte Wetter allmählich
auf das Gemüt. Eis und Frost als ständiger Begleiter.
Gemütlich näherte er sich bis auf ein paar Meter seinem
Wagen, als ihm sofort das weiße Blatt Papier ins Auge
stach, welches seine Windschutzscheibe zierte. *Das geht
mir langsam so was von auf die Nerven. Und dreist noch dazu.
Irgendjemand ist gut über meinen Tagesablauf informiert.*
Auf der Fahrt hierher fiel sein Blick immer wieder in
den Rückspiegel. Umsichtig hatte er alles um sich herum
beobachtet, doch nichts hatte ihm Anlass zur Sorge
vermittelt. *Jemand verhält sich sehr raffiniert. Aber handelt
es sich wirklich um Kramer? Es dreht sich immer alles um* die
gleiche Frage.
Doch zuerst widmete er sich der eventuellen Botschaft an
seinem Auto. Behutsam entfaltete er den leicht feuchten
Zettel und erblickte die fünf untereinander stehenden
Zeilen.
Rätsel:
3 Tatverdächtige!
2 Opfer!
1 Mörder!
Wer bin ich?
Heftiges Schlucken begleitete das Lesen. Fast augenblicklich
ereilte ihn ein Wutanfall, so sauer verzog sich sein Gesicht
beim Anblick der Wörter.
Allmählich habe ich die Nase voll von dieser Art von Schnitzeljagd.

Nur langsam dämmerte es in ihm. Wie ein Blitz durchschlug es seinen Körper. *Was steht hier?*

Es dauerte, bis er es endgültig raffte und einordnete.

3 Tatverdächtige, 2 Opfer und 1 Mörder. Wir besitzen aber nur 2 Tatverdächtige. Hubertus Kramer und Armin Reiter. Wer springt hier auf diesen Zug noch auf?

Dezent bestrahlte die Straßenlaterne sein nachdenkliches Gesicht.

1. Opfer haben wir. Manuela Meyer. Aber das 2. Opfer. Ist noch jemand ermordet worden? Gibt es eine zweite Leiche?

Atemlos nahm er wenig später im Wagen Platz. *Ein Mörder. Wie gnädig, dass in einem Punkt eine Übereinstimmung herrscht.* Langsam ließ er den Wagen an, um die Heizung zu aktivieren. *Da soll es mir warm werden. Dieses Rätsel widerspricht unserem bisherigen Ermittlungsstand gewaltig. Zumindest für den Moment.*

Kartl schloss die Augen und sinnierte über Möglichkeiten, dem Fall die Wende zu bescheren. *Sind wir wieder auf einer falschen Fährte und beginnen ganz von vorn? Bei Null? Nehmen wir mal an, das stimmt, was hier steht. Dann liegt irgendwo da draußen eine Leiche herum. Kramer? Wir müssen es schnell herausbekommen. Wenn der Zettel aber ein Ablenkungsmanöver darstellt? Keine Ahnung? Im Moment zumindest nicht,* gestand er sich ein.

Nichts wie heim. Zügig schlug er die Richtung seines Zuhauses ein. Die Sehnsucht nach ein paar Stunden des Abschaltens überkam ihm just in diesem Moment.

Muss den Fall für ein paar Stunden zu den Akten legen, überlegte er beim Betreten seiner Wohnung.

***

Unbemerkt umrundete er den Dienstwagen des Kommissars. Grimmig dreinschauend. Vorsichtig heftete er ein Blatt Papier an die Windschutzscheibe. Sein spöttisches Grinsen im Schutze der Dunkelheit erblasste in der klaren Nacht. Leise schlich er sich weg und verschwand in der nächsten Nebenstraße. Verschluckt und untergetaucht. Unbemerkt?

***

Ruhig verhielt sich Kartl, nachdem sich die Tür in seiner Wohnung hinter ihm schloss. Nach außen hin vermittelte er den Eindruck, dass er schlief.
Stattdessen beobachtete er schon lange die Aktivitäten vor seinem Haus. Bis er einen Typen bemerkte, der an sein Auto schlich.
Jetzt aber los. Das Jagdfieber durchflutete seinen üppigen Körper. *Jetzt schaue ich mal, ob es jemanden zu überraschen gibt.* Leise öffnete er sein Fenster im Bad. *Puh, wenn das mal gut geht.*
Vorsichtig stieg er auf den bereitgestellten Stuhl, um sich wagemutig durch das Fenster zu hangeln. *Ich kann doch nicht mein eigenes Körpergewicht halten,* schüttelte es ihn durch und durch.
Mit den Beinen voraus zwängte er sich mühsam durch das schmale, finstere Loch an der Rückseite seiner Wohnung. Mit größter Anstrengung versuchte er dabei eine elegante Drehung, damit er sich mit den Händen am Fensterrahmen festhalten konnte. *Ist zwar nicht hoch, aber das Bein will ich mir auch nicht brechen.*

So ließ er sich langsam nach unten abrutschen. Möglichst leise, damit keine Geräusche entstanden. Der Schweiß lief mittlerweile gewaltig von seiner Stirn hinab. *Mann, ist das anstrengend.* Es kostete viel Überwindung, das Schnaufen und Japsen zu unterdrücken. *Ich breche gleich ab.*

Die Arme dehnten sich immer länger und länger, schmerzten ohne Ende. Bis er endlich mit den Füßen des Boden wahrnahm.

Geschafft. Ein Wahnsinn. Stolz richtete er sich auf.

Völlig schwarz bekleidet lugte er vorsichtig um die Hausecke. *Verdammt, ich bin fast zu spät dran,* stellte er erschrocken fest.

Kurz sah er einen Schatten um die nächste Biegung in die Seitengasse gleiten. So schnell es Kartl schaffte, nahm er die Verfolgung auf. Immer wieder erhaschte er für einen kurzen Moment eine Gestalt von hinten. Zu wenig, damit er irgendwas erkannte. Aber genug, um zumindest die Spur nicht zu verlieren.

So ein Mist aber auch. Seine Beine meldeten den ersten Versorgungsmangel und schmerzten. *Bin völlig aus der Übung. Hoffentlich verliere ich ihn nicht.*

Mit den letzten Reserven, die er aktivierte, versuchte er aufzuholen, als er das vertraute Geräusch einer Autoentriegelung vernahm.

Nur nicht wegfahren, ohne dass ich den Wagen erkennen kann, hoffte er inständig.

Gehetzt eilte er über den Gehsteig, während er das Starten des Motors bemerkte.

Jetzt legt er gleich den Gang ein, gibt Gas und ich schaue in die Röhre.

Japsend fiel er in einen kleinen Spurt, bog rasant um die nächste Häuserecke. Doch zu spät.

Nur noch die Rücklichter des wegfahrenden Wagens und den Hauch einer Aufschrift an der Seitentür erkannte sein Auge.

So eine Scheiße, fluchte er wütend auf sich selbst. *Das hab ich ja sauber hingebracht.*

Kurz überlegte er, ob sich eine Verkehrsfahndung lohnte. Schnell verwarf diesen Gedanken. *Ist mir zu blöd. Kann nicht mal erklären, was es für eine Marke ist. Im Präsidium spötteln sie ja sowieso alle über mich. Herr Kommissar, Sie haben aber ein geschultes Auge. Und Ihr Wahrnehmungsvermögen erst. Reicht schon, wenn Max sich morgen vor Lachen biegt.* Völlig außer Puste begab er sich auf den Rückweg. *So toll ausgemalt meine Idee und dennoch gnadenlos gescheitert.* Deprimiert schlurfte er über des Asphalt des Gehsteiges. *Aber wenn ich genau überlege, kann es ein Firmenwagen gewesen sein. Oder ein Mietwagen.* Siedend heiß fiel ihm das Gespräch mit Prantl ein. *Gibt es eine Verbindung seines beobachteten Mietautos mit dem Wagen, dessen Fahrer mich beschattet? Vielleicht ist sein Hinweis Gold für uns wert. Max muss morgen früh gleich dort hinfahren.*

Mit einem schnellen Blick auf die Uhr ließ er sein Handy stecken. „Muss es ja nicht übertreiben", kicherte er leise vor sich hin. „Da wollen wir mal schauen, ob sich das Geheimnis langsam lüftet", sprach er hoffnungsvoll trotz der misslungenen Hatz zu sich selbst.

Ach ja, fiel es ihm noch ein. *Es gibt ja noch einen neuen Zettel.* Schnell orientierte er sich zum Parkplatz und nahm das Stück Papier von der Windschutzscheibe. *Rätsel schon gelöst?* Ratlos stand er alleine in der stillen Nacht ob des gerade gelesenen fragendes Satzes.

„Wir werden sehen! Wir werden sehen!", entfuhr es ihm. „Nun aber ab ins Bett."

Auf normalem Weg betrat er wieder seine Wohnung.
Ein bisschen stolz auf mich bin ich schon, wenn ich an den mühevollen Ausstieg von vorhin denke.
Mit seinem gewichtigen Körper, noch dazu völlig untrainiert, war es ihm gelungen, ins Freie hinaus zu gleiten. *Zugetraut hat mir das keiner. Selbst der Schatten nicht,* dachte er spöttisch.
Der Schatten verlor seine Unsichtbarkeit. Nicht mehr lange blieb ihm seine Unerreichbarkeit. Er hoffte, dass es in absehbarer Zeit einen Namen für den Schatten gab.
Wenig später fiel Kartl endlich in einen tiefen, doch viel zu kurzen Schlaf.
Hoffentlich wird es ein guter Tag morgen. Seine letzten Gedanken, bevor er nichts mehr wahrnahm.

Kapitel 13

Ein neuer Morgen nahm Forchheim in Besitz.

Kartls Augen mühten sich vergeblich, gegen das Morgenlicht anzukämpfen. *Mann bin ich noch müde.*

Dem Versuch, sich noch einmal gemütlich umzudrehen, widerstand er. *Jetzt werde ich Max aus dem Bett hauen.*

Neugierig, ob er ihn in Bamberg bei seiner Freundin erwischte, stellte er die Verbindung her.

Eine müde Stimme meldete sich am anderen Apparat. „Sepp, das kannst nur du sein. Bist du unter die Frühaufsteher gegangen? Hast du schon mal auf die Uhr geschaut."

„Wieso? Ist schon sechs Uhr."

„Ja, ein Traum."

„Ich habe fast nicht geschlafen."

„Seid ihr in der Kneipe versumpft und vor lauter Übelkeit hast du kein Auge zugemacht?"

„Wäre mir lieber gewesen. Erzähle ich dir später im Büro."

Wieder ein Alleingang meines Chefs? Max durchlebte gerade das Abenteuer am *Kreuzweiher*. „Sieht dir ähnlich. Und ich muss es ausbaden. Was ist so wichtig?"

„Gestern stand vor dem Firmengebäude ein verdächtiger Mietwagen. Und heute Nacht habe ich ein Auto verfolgt. Ich kenne zwar nicht das Kennzeichen, aber das, was ich am Wagen gerade noch erhaschte, bringt mich zu der Überlegung, dass dies eine heiße Spur ist."

Max schüttelte bei seinen Ausführungen den Kopf. *Nur gut, das er das nicht sieht. Verrückter Kerl. Keine Spuren. Wie sollen wir da was finden?*

Laut sprach er weiter. „Sollen wir alle Mietautos in ganz Nordbayern überprüfen? Nach was suchen wir? Ein unscharfes Etwas? Heute ist nicht 1. April, oder?"

„Ist ernst gemeint. Außerdem hat mir der Prantl gestern das Kennzeichen gesteckt."

„Ganz schön an der Nase herumgeführt."

„Hast du was zum Schreiben? Wo bist du überhaupt?"

„In Bamberg."

„In Bamberg", wiederholte Kartl belustigt. „Im gewärmten Bett."

„Nur kein Neid. Also leg los." Max notierte sich die Autonummer sowie die Adresse der Mietwagenfirma.

„Habe ich."

„Bis später im Büro."

„Alles klar. Du kannst dich ja wieder schlafen legen."

Ein frecher Kerl, lachte Kartl still. „So jetzt frühstücke ich in Ruhe, fahre danach ins Präsidium und hoffentlich gibt es neue Erkenntnisse."

In dieser Zeit trennte sich Max schweren Herzens von seiner neuen Liebe. Kurz nach sieben Uhr startete er seinen Trip nach Nürnberg.

Hoffentlich komme ich noch glimpflich über den Frankenschnellweg. Bevor die Masse der Arbeitenden die beiden Fahrspuren verstopft.

Das Glück begleitete ihn in der nächsten halben Stunde. Laute Musik dröhnte aus den beiden Boxen des Innenraums. Die *Toten Hosen* versüßten den Start in den Tag. Kräftig und inbrünstig sang er mit.

Morgens um 6, hol ich den Kurzen aus dem Bett.
Sind so müde, doch die Cornflakes sind perfekt.
Fahren zur Schule, parken hinten auf dem Hof.
Gibst mir 'nen Kuss, rufst: „Papa, ich muss los!"
Wink dir hinterher, fahr rum, um den Block.
Radio an, wie immer nur Schrott.
Dreh am kleinen Knopf, fahr raus aus dem Beton.
Und sie spielen unseren Song.
Das ist unser Tag.
Das ist unsere Zeit.
Und sie fliegt nicht mehr an uns vorbei.
Denn das ist der Moment,
an dem du einmal hängst,
wenn du irgendwann zurückdenkst.

Vielleicht gibt es in meinem Leben auch mal einen Kurzen, grinste er verliebt in die Windschutzscheibe. *Geht ja oft alles sehr schnell. Im Moment kann ich mir das gut vorstellen.* Glückseligkeit strahlte über sein ganzes Gesicht. Entspannt erreichte er die Stadtgrenze, bis er die gesuchte Firma entdeckte. *Klein, unscheinbar. Keiner dieser bekannten Namen.* Seine Neugierde wuchs von Minute zu Minute. *Hoffentlich ist überhaupt schon jemand da.* Langsam stieg er aus, um sich der Eingangstür zu nähern. *Unser Auto in Ihren Händen. Ihr Wohl ist unser Erfolg. Was für ein alberner Werbespruch.* Max gruselte es fast. *Aber ich sehe weit und breit kein Auto zum Ausleihen. Eine Scheinfirma?,* überlegte er. An der verschmutzten Glastür hing ein kleines Firmenschild. *Fa. Mietcar,* las er. *Täglich von 8 Uhr bis 13 Uhr und von 15 Uhr bis 18 Uhr. Außer Samstag und Sonntag.*

Ein Schmollmund überzog Max´s Antlitz. *Tolle Arbeitszeiten. Was haben wir jetzt? Kurz vor acht. Wie passend.*
Mit der rechten Hand voraus versuchte er, die Tür zu öffnen. Doch am Widerstand erkannte er unschwer, dass sie noch verschlossen war.
Habe ich die Sommerzeit versäumt? Die Umstellung passiert doch erst in zwei Wochen. Etwas ratlos und verloren verharrte er vor der Scheibe. Klopfend gegen das Glas signalisierte Max, dass ein Kunde hinein möchte.
Tatsächlich näherte sich eine junge Frau Richtung des Eingangs und sperrte ihm auf. „Guten Morgen, so bald auf den Beinen", begrüßte sie ihn nett.
„Guten Morgen. Ja, ich dachte schon, ich habe mich in der Zeit geirrt." *Hübsche Lady, Mitte Zwanzig, leicht mollige Figur, schönes Lächeln, lange, dunkelbraune Haare.*
„Was kann ich für Sie tun?", fragte sie ihn noch an der Tür.
„Max Neuner, Mordkommission Forchheim. Vielleicht können Sie mir weiterhelfen." Dabei zückte er seinen Ausweis.
„Um Himmelswillen. Mordkommission. In aller Herrgottsfrüh", stammelte sie sichtlich durcheinander.
„Ja kommen Sie rein." Sie trat zur Seite und begab sich hinter den Tresen, während Max davor stehenblieb und aus seiner Jackentasche einen Zettel kramte, um ihn ihr vorzuzeigen.
„Ich benötige eine Auskunft. Gibt es bei Ihnen einen Mietwagen mit diesem Kennzeichen?"
Dabei reichte er ihr sein Geschriebenes, damit sie es lesen konnte.
„Ja, das ist ein Auto von uns. Warum wollen Sie das wissen?"

„Wir untersuchen in einem Mordfall. Hierbei ist dieser Pkw ins Visier der Ermittlungen geraten. Wer hat den Wagen denn in den letzten Tagen von Ihnen gemietet."
„Moment mal. Ich schau in unserer Datei nach."
Schnell verschwand sie in einem Nebenraum, kramte in irgendwelchen Akten, um dann mit einer in der Hand wiederzukommen. „Schauen Sie mal."
Sie reichte ihm den Durchschlag des Anmeldeformulars. Als Erstes fiel ihm der Name auf. Hubertus Kramer.
Heiliger Strohsack. Fast verließ ein Fluch seinen Mund. Gerade noch schluckte er ihn hinunter. *Das gibt´s doch nicht.* „Wann ist der Wagen ausgeliehen worden?"
Sie nahm ihm das Papier ab und überflog die ausgefüllten Daten. „Vor fast vier Monaten."
„Vor fast vier Monaten", wiederholte er überrascht. „Und Sie haben ihr Auto noch nicht vermisst?"
„Nein", gab sie ihm zur Antwort. „Herr Kramer hat das Auto bei uns für ein halbes Jahr gemietet. Der Preis ist bar im Voraus bezahlt worden."
„Ein Wahnsinn. Das ist nicht seltsam so was?"
„Nein. Wir haben öfter solche Kunden. Wir sind eine kleine Nischenfirma. Uns ist es lieber, die Autos sind langfristig vermietet."
„Verstehe."
„Gibt es auch eine Adresse zu Herrn Kramer?"
„Ja, hier steht sie, in Neunkirchen am Brand."
„Das ist seine alte Anschrift. Aber gut, zu dem Zeitpunkt hat er die Wohnung auch noch gehabt. Können Sie mir eine Kopie der Anmeldung machen?"
„Natürlich. Was ist jetzt mit Herrn Kramer und unserem Auto? Weil Sie sagten, Sie ermitteln in einem Mordfall."

„Wenn ich das wüsste. Nur das beide im Moment
verschollen sind. Der Wagen und er.“
„Na prima“, äußerte die Dame der Vermietung mit einem
betrübten Gesichtsausdruck. „Ich fertige die Kopie an.“
Sie verschwand in einem weiteren Nebenraum und ließ
Max erneut alleine im Laden zurück.
Da wird Sepp große Augen machen. Der Typ hat alles gut
vorbereitet und ausgeführt. Schwer zu glauben, dass kein Mord
mit im Spiel ist bei diesen ganzen Planungen.
Nach kurzer Zeit erschien die Frau mit der Kopie des
Formulars in der Hand wieder. „Hier, Herr Kommissar.
Sagen Sie uns Bescheid, wenn es Neuigkeiten gibt?“
„Mache ich selbstverständlich.“
„Wir würden unseren Wagen gerne wieder bekommen.
Heil, wenn es geht.“
„Verständlich. Vielen Dank und Sie hören von uns.“
Damit verabschiedete er sich, um den Laden zu verlassen.
Nachdenkliche und besorgte Blicke der Mitarbeiterin
verfolgten ihn dabei.
Nachdem Max wieder in seinen Dienstwagen Platz nahm,
klemmte er sich sofort ans Telefon, um seinen Chef zu
informieren.
Nach einem kurzen Moment vernahm er dessen vertraute
Stimme. „Ja, hast du was heraus gefunden?“
„Kann man sagen.“
„Spann mich nicht so auf die Folter.“
„Den Mietwagen hat unser lieber Freund Kramer geordert.“
„Verdammter Mist. Und lauert uns damit ständig irgendwo
auf. Da bringt die Fahndung nach seinem Wagen gar
nichts.“
„Vor allem schon seit vier Monaten“, warf Max dazwischen.

„Mensch, da müssen wir dem Prantl ja dankbar sein, dass ihm das aufgefallen ist."

„Wie wahr. Wirst ihm eine Runde ausgeben müssen", lachte Max.

„Schon wieder."

„Bist du schon im Präsidium?"

„Ja, seit einer halben Stunde."

„Dann komme ich gleich ins Büro."

„Weißt du, was komisch ist."

„Nein", überlegte Max.

Für einen kurzen Moment herrschte Funkstille am Telefon, bevor Kartl das Gespräch fortsetzte. „Gestern Abend habe ich jemanden verfolgt. Leider habe ich ihn nicht erreicht, da ich nicht schnell genug gewesen bin."

Das Kopfkino in Max gestaltete sich ziemlich lustig. „Kann ich mir vorstellen."

„Ich habe es mir so schön ausgemalt. Den Unbekannten endlich zu überraschen. Ewig bin ich im Dunklen am Fenster gelehnt, in der Hoffnung, etwas zu entdecken. Und wirklich. Auf einmal ist ein Schatten aus dem Dunklen getreten. Ganz vorsichtig hat er sich an mein Auto herangepirscht. Da bin ganz schnell zu meinen Badefenster geeilt und vorsichtig hinaus geklettert."

„Wahnsinn. Respekt. Und das in deinem Alter."

„Ja, ich bin stolz auf mich gewesen. Aber leider zu langsam für den Typen."

„Hast du irgendetwas erkennen können?"

„Nein, nur die Kontur der Gestalt aus der Entfernung."

„Und? Irgendeine Ähnlichkeit mit dem Kramer?"

„Das ist das Problem. Überhaupt nicht. Kein sportlicher Typ wie er. Sondern eher jemand, der meine Figur hat. Nur vielleicht ein wenig muskulöser."

„Solltest doch ins Trainingslager gehen.“

„Ha, ha. Auf jeden Fall ist das nicht Kramer gewesen. Da bin ich mir fast sicher. Gut, beim Wagen spekuliere ich auch nur, wegen der unscharfen Beschriftung, dass es ein Firmenfahrzeug war.“

„Hast dich auch nicht getäuscht?“

„Nein, ich glaube nicht.“

„Sehr mysteriös das Ganze.“

„Ja, da denken wir, es geht einen Schritt voraus. Und sofort machen wir wieder zwei zurück. Vor allem ‚nach was suchen wir jetzt?“

„Nach dem Mister X in seinem Fahrzeug Y?“, überlegte Max.

„Sei still und fahre los“, bekam er als Antwort zurück. Max grinste in sich hinein, ließ den Motor an und machte sich auf den Weg nach Forchheim.

Dieser Fall ist doch sehr verwunderlich, überlegte Kartl an seinem Arbeitsplatz. *Wer ist der wahre Mörder? Stecken mehrere Personen unter einer Decke? Oder ist ein Trittbrettfahrer aufgesprungen?*

Während er in seiner Gedankenwelt versank, erreichte sein Partner ihr Büro. „Alles soweit klar bei dir?“, begrüßte er ihn.

„Ja“, gab Max zurück und bequemte sich in seinen Stuhl.

„Übrigens“, fuhr sein Chef fort, „ich habe dir noch zwei Zettel von gestern unterschlagen. Einer deponiert in Erlangen, wie ich mit dem Prantl unterwegs gewesen bin. Der zweite die Hinterlassenschaft des Verfolgten.“ Grinsend lugte er in die Richtung von Max.

„Ja, ja, deine Abenteuer. Oder soll ich gemein sein? Deine Alleingänge.“

„Ist ja gut." Er reichte ihm die beiden Zettel. Einmal das Rätsel und die letzte Botschaft.
Laut sprach Max die Wörter des ersten Blattes nach.
„Rätsel:
3 Tatverdächtige!
2 Opfer!
1 Mörder!
Wer bin ich?"
Mit dem Ende des letzten Buchstabens schüttelte er nur den Kopf und murmelte die neue Botschaft herunter.
„Rätsel schon gelöst."
Ein lauten Pfeifen erfüllte den Büroraum, denn Max ließ erst einmal Luft ab, bevor er seine Gedanken wieder sammelte.
„Da ist er wieder, unser Mister X, der dritte Tatverdächtige. Gibt es ihn wirklich? Oder fallen wir nur auf lauter neue Fakes herein?"
„Im Moment haben wir nur zwei. Vielleicht sind wir noch nicht auf der entscheidenden Spur. Ich bring die Zettel mal schnell ins Labor", entschied Kartl.
Mit diesen Worten verließ er das Büro.

„Guten Morgen zusammen." Kartl betrat die heiligen Räume der SpuSi. „Gibt es irgendwas Neues für uns?"
Einer der Mitarbeiter wandte sich ihm zu. „Die Untersuchungen von gestern sind noch nicht abgeschlossen."
„Wann denkt ihr, ist das soweit?"
„Frag heute Nachmittag nochmal nach. Aber wir haben eine ganz passable Reifenspur am *Kreuzweiher* gefunden. Ziemlich frisch und stammt nicht von unseren eigenen Fahrzeugen. Hier die Unterlagen dazu."

Kartl nahm die Dokumente entgegen und schaute neugierig hinein. *Ein Auto vom Typ Smart,* las er. *Sprach nicht der Prantl von einem Smart? Ich habe es nicht mehr im Kopf.*

„Danke euch", bemerkte er noch schnell, bevor er die Räume verließ. Draußen wählte er gleich die Nummer vom Prantl. „Du hör mal? Der Mietwagen gestern vor dem Gebäude. Was war das für eine Automarke? Weißt du das zufällig noch?"

„Ein Smart", kam es wie aus der Pistole geschossen zurück.

„Volltreffer", signalisierte Sepp. „Danke dir. Näheres später dazu."

Jetzt brauche ich einen Kaffee. Er warf einen Blick auf seine Armbanduhr.

Mit einem kleinen Umweg über den Kaffeeautomaten erreichte er eine Viertelstunde später mit zwei wohl riechenden Bechern wieder ihren gemeinsamen Arbeitsplatz. „Magst du einen Kaffee?"

„Sehr gerne. Danke dir."

Er reichte Max einen der beiden Becher und setzte sich danach voller Genugtuung ein wenig zu schwungvoll hin.

„Scheiße, jetzt habe ich den ganzen Kaffee auf der Hose!"

„Ja, wenn du auch so voller Elan steckst." Max amüsierte sich gerade prächtig.

„Ich sag es dir. Der Fall macht einen ganz verrückt." Dabei fummelte Kartl mit einem Taschentuch an seiner Hose.

Gott sei Dank dunkel, ging es ihm in den Sinn.

„Das kannst du laut sagen. Hier die Kopie der Anmeldung vom Kramer."

Kartl nahm den Beleg und schüttelte ein paar Mal verwundert sein Haupt. „Da soll einer schlau werden. Das Labor hat Reifenspuren gefunden und die decken sich eindeutig mit dem Mietwagen. Gleiche Marke zumindest. Die Beweislage wirkt auf den ersten Blick eindeutig."

„Ist Kramer doch der Mörder?"

„Ich weiß nicht, was ich glauben soll. Bei der Verfolgung der Person von gestern bin ich unschlüssig gewesen. Habe dir ja schon gesagt, dass der von der Silhouette her ganz anders auf mich gewirkt hat."

„Kann jemand in seine Rolle geschlüpft sein?"

„Vielleicht. Aber warum?"

„Warum? Kein Ahnung. Ich würde auf Reiter tippen. Er hat ein Verhältnis mit ihr gehabt. Sie hat ihn abblitzen lassen. Das klassische Motiv. Eifersucht."

„Möglich. Hier habe ich die Unterlagen der Techniker, die den Laptop untersucht haben."

„Dann stille doch meine Neugierde", forderte ihn Max auf.

„Reiter und unser Mordopfer haben eine heimliche Affäre begonnen. Ging über Monate hinweg. Es liegen jede Menge Liebesbriefe und Mails vor. Allerdings wollte die Meyer nicht, dass es publik wird. Da hat sie sehr deutlich Stellung bezogen. Keine Ahnung, was sich dahinter verbirgt."

„Vielleicht ist er einfach nicht der Richtige gewesen."

„Gute Theorie. Wir können sie aber nicht mehr fragen."

„Wie wahr. Erzähl weiter."

„Ihre letzte feste Beziehung muss wohl schon länger zurückliegen. Vielleicht befürchtete sie berufliche Nachteile. Einfach Angst gehabt, ihren Posten zu verlieren. Zu dem der Stress mit der Schwangerschaft."

„Wollte sie das Kind?"

„Moment. Komme gleich zu dem Punkt." Kartl schlürfte einen Schluck Kaffee, reckte sich und sprach weiter. „Überhaupt nicht herbeigesehnt oder gewünscht von ihr. Die E-Mails zwischen den beiden bestätigen dies. Sie wollte definitiv kein Kind. Nicht zu diesem Zeitpunkt. Deshalb auch die Abtreibung. Reiter war strikt dagegen. Wollte sie heiraten. Eine Familie mit ihr gründen."

„Ab da sind ihre Lebenslinien auseinander gelaufen", warf Max süffisant ein.

„Ja, sie hat sich von ihm getrennt und ihre gemeinsame Affäre beendet. Ist nicht ihre große Liebe gewesen."

„Wie hat er es verdaut?"

„Gar nicht gut. Er konnte es nicht akzeptieren. Er hat angefangen, sie zu bedrängen. Zu bedrohen. Sie hat trotzdem darauf bestanden. Ganz konsequent."

„Starke Frau", bewunderte Max.

„Später ist sie nach Holland gefahren, um das Kind abtreiben zu lassen. Er hat weiter alles versucht, sie zu bekehren, damit sie zu ihm zurückkehrt. Die letzte E-Mail schrieb er am Tag ihres Todes. Mittags. Gegen halb eins."

„Schau, hier der Ausdruck davon."

Max schnappte ihn sich. Er las die Zeilen. *Du weißt, dass ich dich über alles liebe. Kommst du nicht zu mir zurück, wird das böse enden mit dir. Merke dir das endlich mal.*

„Das sind die Schlimmsten", tönte er. „Verschmähte Liebhaber, gekränkte Seelen. Gepaart mit verletztem Stolz."

Sein Chef nickte ihm stumm zu.

„Das ist unser Mann", bekräftige es Kartl.

„Ja. Natürlich ein erstklassiges Motiv für uns. Und er hat kein Alibi für die Tatnacht. Laut seiner Aussage ist er alleine in seiner Wohnung geblieben. Angeblich hat er darauf gewartet, dass sie sich bei ihm meldet."

„Zeugen?"

„Nein. Bei der Vernehmung, zumindest in der Zeit, in der ich anwesend gewesen bin, stammelte er ohne Ende. Er meint alles nicht so. Keine andere Frau ist je für ihn wichtig gewesen. Er will nur diese eine. Nachdem er bis in die späte Nacht keine Nachricht von ihr erhalten hatte betrank er sich sinnlos. So seine Aussage. An den Rest der Nacht erinnert er sich nicht mehr. Filmriss. Angeblich.“

„Das kann er leicht sagen“, lächelte Kartl süffisant.

„Zudem überkam ihn die Idee eines Selbstmords. Als sie sich auch die nächsten Tage nicht meldete, machte er sich ernsthafte Sorgen.“

„Auf die Idee, sie vermisst zu melden, ist er nicht gekommen.“

„Nein. Sehr verdächtig. Findest du das nicht auch?“

„Ja. Sehe ich genauso.“

„Soweit seine Aussage in diesem Fall. Zudem haben wir auf ihrem Computer entdeckt, dass sie über ein Dating-Portal mit einem gewissen Holger45 gechattet hat. Aber nach unseren Überprüfungen können wir ihn als Täter außen vor lassen. Scheint nur eine virtuelle und zarte Liebe zwischen den beiden gewesen sein. Was machen wir mit Reiter? Nehmen wir ihn heute Nachmittag vorläufig fest?“

Kartl überlegte einen kurzen Moment. *Die ganze Beweislast spricht im Moment klar gegen Reiter. Sorgen bereitet mir weiterhin nur, dass Kramer sich nicht finden lässt.* Schließlich antwortete er Max. „Ja, machen wir. Wir haben allerdings nur Indizien im Moment.“

„Müssen wir ihn halt zum Plaudern bringen.“

„Du weißt schon, dass er bei der Beweislage, wenn er nichts aussagt, in 24 Stunden wieder draußen ist.“

„Ist klar, Chef. Ich besorge trotzdem vom Staatsanwalt einen Haftbefehl“, antwortete er und verließ flugs das Zimmer.

Alleine zurück gelassen, wählte er die Nummer der SpuSi.
Er musste zugegeben, dass er sich im Stadium großer
Ungeduld befand.

„Hallo. Sepp hier. Gibt es mittlerweile neue verwertbare
Spuren?"

„Nein", entgegnete ihm der Teilnehmer am anderen Ende.
Enttäuscht beendete er das Gespräch. Negativ. *Gut. Geduld
ist nicht so meine Stärke. In einer halben Stunde erscheint der
Reiter.* Leichte Nervosität beschlich ihn. *Keine richtigen
Beweise. Das ist immer blöd. Kein Staatsanwalt oder Richter
spielt da ewig mit. Ein bisschen Druck. Vielleicht hilft es, ihn
weichzukochen.*

Stirnrunzelnd blickte Kartl stumpf vor sich hin. Gottseidank
riss ihn Max durch das Betreten des Raumes aus seiner
Lethargie.

„Ich glaube, ich habe Reiter vorfahren sehen."

„Schön. Ein Pluspunkt, dass er nicht getürmt ist."

„Heißt noch lange nicht, dass er für uns unschuldig
erscheint."

„Natürlich nicht."

„Komm. Machen wir uns auf den Weg."

Voller Hoffnung verließen sie ihr Büro. Auf der gesamten
Strecke bis zum Verhörraum herrschte Schweigen zwischen
den beiden. Beim Eintreffen dort wartete Reiter schon in
Begleitung eines Beamten.

„Grüß Gott, Herr Reiter. Schön dass Sie gekommen sind",
begrüßte ihn Kartl überfreundlich. „Meinen Partner
kennen Sie ja schon. Kommen Sie." Er öffnete die Tür zum
Verhörraum und bat Reiter hinein. Die beiden folgten ihm.
„Bitte nehmen Sie Platz", forderte Max ihn auf und wies
ihm den Stuhl auf der rückwärtiges Seite des Tisches zu.

Sie selbst setzten sich gegenüber.

„Herr Reiter", eröffnete Kartl das Gespräch. „Eigentlich sollen Sie hier erscheinen, um das Protokoll Ihrer Aussage zu unterschreiben."

„Aber uneigentlich?", gab er spitz zurück.

Langsam beugt sich Kartl mit dem Oberkörper nach vorne und schaute ihm tief in die Augen. „Uneigentlich haben wir noch ein paar Fragen an Sie."

„Die wären?"

„Als Erstes: Lesen Sie sich das Protokoll von gestern noch einmal in Ruhe durch." Bedächtig schob er ihm eine zweiseitige Dokumentation über den Tisch.

Reiter nahm sich das Blatt und begann zu lesen.

Schweigen kennzeichnete in den nächsten Minuten die Atmosphäre in dem Zimmer. Irgendwann legte Reiter mit zittrigen Händen die Unterlagen zur Seite und schaute mit unruhigen Augen von einem zum anderen. Keine Reaktion prallte von den beiden Kommissaren zurück. Nur Ruhe und Schweigen.

Sie genossen diese Situationen. Momente, in denen Verdächtige schon alleine durch das Nichtsagen nervös wurden und plauderten. Lange, stille Momente, die viele nicht aushielten. Reine Verhandlungsstrategie.

Kartl fand als Erster die nächsten Worte. „Herr Reiter, gibt es dem etwas hinzuzufügen?"

„Nein." Kurz und barsch konterte er.

Er scheint sich recht sicher zu sein, grübelte Max.

Geduldig sprach Kartl weiter. „Sie liefern uns ein astreines Mordmotiv. Und Sie haben kein Alibi."

„Sie können mir nichts beweisen." Reiter blockte ab.

„Warum haben Sie Manuela Meyer ermordet?"

„Ich habe es nicht getan. Ich liebte Sie über alles. Könnte ihr nie etwas tun.“

„Und Ihre Drohungen?“

„Mein Wunsch ist es immer gewesen, dass sie zu mir zurückkommt. Sie wissen doch selber, wie das ist.“

„Nein, das weiß ich nicht.“ Sepp schaute zu Max. „Oder du?“ Leichtes Grinsen überzog seinen Mund.

„Nein. Passe. Herr Reiter, warum haben Sie Manuela Meyer nicht als vermisst gemeldet?“

„Warum sollte ich? Sie hat mich nicht mehr in ihr Leben gelassen. Alles selber entschieden. Den Abbruch. Sie hat den Trennstrich vollzogen.“

„Das Leben ist kein Wunschkonzert“, erwiderte Kartl.

„Sie ist doch nicht Ihr Besitz gewesen.“

Betrübt und zusammen geknickt saß Reiter in seinem Stuhl.

„Wann haben Sie Herrn Kramer das letzte Mal gesehen?“

Ein leichtes Zucken durchströmte sein gerötetes Gesicht. Geziert von einzelnen Schweißtropfen auf seinen Wangen antwortete er leise. „Warum wollen Sie das wissen? Er arbeitet schon lange nicht mehr bei uns in der Firma.“

„Herr Reiter, machen Sie es uns doch nicht so schwer.“

„Vor vielleicht vier Monaten. Er kam nach seiner Entlassung noch einmal zu uns in die Abteilung. Keine Ahnung warum. Habe ihn hinaus geschmissen.“

Erstaunt blickten die beiden Ermittler zu ihm hinüber.

„Warum?“, fragte Max.

„Warum fragen Sie? Bringt unsere ganze Firma in Verruf. Bestechung! Wo kommen wir hin, wenn wir uns alle bereichern?“

Grantig entgegnete Kartl. „Sie tun ja gerade so, als arbeiten bei Ihnen nur totale Unschuldslämmer.“

„Sie lesen zu viele Krimis, Herr Kommissar. Unsere Firmenphilosophie vermittelt völlige Sauberkeit und Transparenz in alle Bereichen."
„Dass ich nicht lache."
„Können Sie es beweisen? Wenn Sie keine Fragen mehr haben, würde ich gerne wieder gehen."
„Nein, Herr Reiter. Ich verhafte Sie hiermit wegen des Verdachts des Mordes an Manuela Meyer."
„Das geht nicht, Sie haben keine Beweise dafür."
„Sie können gerne einen Anwalt kontaktieren."
„Nein danke. Sie werden sehen, dass Sie mich nicht lange festhalten können."
Schnell griff er zum Kugelschreiber und unterzeichnete das Protokoll von gestern mit seinem Namen. Übertrieben lässig lehnte er sich nach dieser Aktion in den Stuhl zurück.
Verdammt, der weiß, dass er Recht hat, bemerkte Kartl.
„Schauen wir mal. Als Erstes bleiben Sie hier."
Widerwillig ließ sich Reiter danach wegbringen.
„Sepp, wir haben nichts in der Hand."
„Ich weiß."
Unzufrieden und im Moment ratlos traten sie aus dem Verhörraum hinaus.

Kapitel 14

Sie vereinbarten, Reiter 24 Stunden festzuhalten. Die Hoffnung auf stichhaltige Beweise starb schließlich zuletzt. Ansonsten befand er sich morgen Nachmittag wieder auf freiem Fuß.

„Komm, wir machen einen Sprung ins Labor", forderte Kartl Max auf. „Es muss doch irgendwas geben, womit wir ihn konfrontieren können. Fasern, Fingerabdrücke. Egal was."

„Machen wir."

So zogen sie den Flur entlang, bevor sie in ein anderes Stockwerk innerhalb der PI Forchheim wechselten. Kartls zweiter Besuch an diesem Tag.

„Ach, die Herren Kommissare." Einer der Mitarbeiter vollzog die Begrüßung für alle.

„Immer noch nichts Verwertbares?"

„Nichts, was tatverdächtig macht. Wir haben gestern von allen Mitarbeiterinnen und Mitarbeitern im Büro die Fingerabdrücke genommen."

„Und?"

„Na ja, in Meyers Wohnung gibt es ein paar von Reiter. Aber keine frischen Abdrücke. Auch sonst keinerlei Hinweise, dass er vor kurzem bei ihr gewesen ist."

„Mist." Kartl zeigte sich nicht gerade zufrieden mit dem Präsentierten.

Der Typ der SpuSi fuhr fort. „Sein Auto haben wir noch nicht."

„Das steht bei uns auf dem Parkplatz", erwähnte Max.
„Könnt ihr das mal organisieren, dass wir da
herankommen?"
„Ja machen wir. Wenn wir vom Richter was haben wegen
des Autos sagen wir euch Bescheid."
Mit einer Handbewegung zeigte er Max die Order zum
Aufbruch.
„Moment noch", entgegnete ihm der Mitarbeiter der SpuSi.
„Seine Bankdaten werden noch ausgewertet. Aber das
dauert erfahrungsgemäß ein paar Tage. Dafür haben wir
zumindest einen Beschluss vom Staatsanwalt. Vielleicht
erschließt sich daraus ein Bewegungsmuster."
„Haltet uns auf dem Laufenden", bat Kartl zum Schluss.
„Machen wir."

„Und was nun?", fragte Max später, als sie das Labor
verließen.
Kartls Gemüt schwankte ein wenig in diesem Moment. *Wo
sollen wir ansetzen? Heute weiter ermitteln? Oder einfach auf
neue Beweise warten?* Er entschied sich anders. „Ich glaube,
wir machen für heute Feierabend. Jetzt ist es 17 Uhr. Vor
morgen früh werden wir unter Umständen nichts Neues
erfahren. Lassen wir den Reiter heute Nacht einfach ein
wenig schmoren. Könnte ja sein, dass er seine Meinung
überdenkt. Aber weißt du, was du noch machen könntest?"
„Nein."
„Dir einen Durchsuchungsbefehl für die Wohnung und
das Auto von Reiter besorgen. Falls der Staatsanwalt da
überhaupt zustimmt.
„Werde ich versuchen."

„Wunderbar. Wenn irgendwas ist, ruf einfach durch."
„Darauf kannst du dich verlassen", lachte Max.
Grübelnd verließ Kartl wenig später seine Dienststelle.
Ihn überkam das Bedürfnis, nach Ebersbach zu fahren.
Warum bereitet mir das Verschwinden von Kramer so viel Kopfzerbrechen?, überlegte er sich während der Fahrt. *Irgendetwas stimmt hier nicht. Bei dem ganzen Aufwand und der intensiven Überwachung aller neuralgischen Punkte, die wir betreiben. Und immer noch keine Spur von ihm.*
Mit der Ankunft an der *Blauen Traube* in Ebersbach verschwanden kurzzeitig all seine Zweifel. Ein bekanntes, angenehmes Gefühl stellte sich bei ihm ein. *Lieber Gott, lass mich die nächsten Stunden genießen,* bat er eigennützig. *Fall hin, Fall her.*
Voller Erwartung betrat er den Innenraum der Gaststätte. Doch während all der Zeit, die er heute hier weilte, gelang es ihm nicht, Frohsinn in seine Gedanken zu transportieren. *Normalerweise mag ich es, so alleine vor mich hin zu schwelgen. Eins mit mir sein.* Aber an diesem Abend verspürte er keine innere Genugtuung. Zu sehr nagten die laufenden Ermittlung in ihm.

***

Zwischenzeitlich trieb er sich um die Gaststätte herum. Der Schatten. Bemächtigte sich des Raumes, den er benötigte, um seine Botschaft zu hinterlassen. Still und unheimlich. Unsichtbar. Wie so oft. Nicht greifbar. So verschwand er anschließend genauso geschwind, wie er den Ort erobert hatte.

***

Gegen 21 Uhr blickte Kartl auf die Uhr, zahlte und verließ nachdenklich das Lokal. Die wenigen Schritte zu seinem Wagen fielen ihm unendlich schwer. Als er sein Auto erblickte, schnürte es ihm fast die Kehle zu. An seiner Windschutzscheibe bemerkte er den hellen Zettel, der dort befestigt war. „Scheiße", entfuhr es ihm zornig. Gespannt entfaltete er das Blatt.

Sie haben alles, was Sie brauchen. Täter, Motiv. Leben Sie wohl!, stand da geschrieben.

Verdammt, immer diese blöden Analysen. Wer bist du? Gibt es mehrere, die hier die Zettel verteilen? Kartls Gemütslage befand nahe dem Ausbruch einer Explosion. *Da sitzt Reiter als Verdächtiger in einer kargen Zelle bei uns ein. Der andere, Kramer, ist nicht aufzufinden. Scheidet aber laut seiner eigenen Aussage als Mörder aus.*

Schwer atmend fixierte der Kommissar die Umgebung. „Und jetzt? Wer will sich aus dem Staub machen?", stellte er die Frage in die Nacht hinein.

Kopfschüttelnd beschloss er, nach Hause zu fahren. *Das Ganze ergibt überhaupt keinen Sinn. Wenn der Zettel jetzt wirklich vom Kramer ist, warum haut der ab? Wie viele Täter gibt es? Wer ist der Richtige?*

Frustriert beendete er den Tag und fuhr auf schnellsten Wege nach Hause. Selbst seine so geliebte klassische Musik vermochte ihm seine Laune nicht zu verbessern. Zu tief saß der Stachel des Unbefriedigtsein.

Kapitel 15

Mittwoch, 7.00 Uhr.

Was passiert heute? Dies fragte sich Kartl, als er gerädert seine Augen im Schlafzimmer öffnete. Blinzelte vergebens gegen die hereinkommenden Sonnenstrahlen an. *Zum ersten Mal seit langem, dass ich die Vögel pfeifen höre. Ja, es wird Frühling.* Zumindest für einen Moment verblasste die schlechte Laune in seinem Gesicht.

Was für eine bescheuerte Nacht wieder einmal. So schlecht geschlafen. Irgendeinen Mist geträumt. Und du wachst auf und hast immer noch keinen Mörder. Ungelenk schälte er sich aus seiner Bettdecke. *Wenn mich einer sieht, der denkt, ich stehe kurz vor der Rente,* ärgerte er sich in diesem Moment. *Und die letzte Botschaft gestern ist mir gehörig auf den Magen geschlagen. Reiter können wir wohl gleich in der Früh entlassen. Jetzt richtet sich der ganze Verdacht erneut gegen Kramer. Verdammter Mist. Jetzt wo ich fast an dem Punkt angekommen bin, ihn als unschuldig einzustufen.*

Kartl richtete sich in seinem bescheidenen Domizil auf. *Muss auf jeden Fall spätestens um neun Uhr im Büro sein. Habe ich Max versprochen.*

Gegen halb neun verließ er seine Wohnung. *Wie gut sich die laue Frühlingsluft schon anfühlt. Hoffentlich kommen wir heute weiter.*

Als er beim Auto ankam, bemerkte er seit langen keine Botschaft an seinem Wagen. *Braucht der Schatten wohl*

Schlaf?, frotzelte er. Leicht angefressen stieg er ein, um den Weg auf die Dienststelle einzuschlagen.

Nicht gerade sehr entspannt betrat er ihren gemeinsamen Arbeitsbereich. Max wühlte sich schon durch die Ermittlungsunterlagen, wie er bemerkte.

„Guten Morgen. Du schaust recht zerknittert aus", begrüßte er seinen Chef.

„Hör mir auf."

„Hat sich bei dir etwas ergeben? Ist der Fall abgeschlossen? Reiter hat gestanden und ich habe es verpennt?"

„Guten Morgen Max, träumst du noch. Das wäre schön, aber leider nicht die Realität."

„Schade", äußerte sich sein Partner enttäuscht.

„Hast du irgendwelche Neuigkeiten?"

„Nein. Gar nichts. Die Kollegen, die die Bankdaten überprüfen, haben sich noch nicht gemeldet. Ich stöbere noch einmal alles durch. Ist mir so in den Sinn gekommen, bevor ich mich hier zu Tode langweile. Vielleicht übersehen wir irgendetwas."

„Gute Idee. Sonst gibt es eine Leiche mehr."

„Chef!"

„Ich habe übrigens gestern, als ich von Ebersbach heimgefahren bin, eine neue Botschaft am Auto gehabt." Ungläubig schaute Max ihm ins Gesicht. „Wie? Eine neue Botschaft?"

„Ja, halt einen neuen Zettel."

„Du verarscht mich jetzt, oder?"

„Glaubst mir nicht?"

„Doch. Nein. Wie soll das gehen. Kramer ist laut seinen eigenen Worten nicht der Mörder. Reiter, der vielleicht in Frage kommt, sitzt ein paar Zimmer weiter bei uns ein.

Mich irritiert schon länger etwas an den Zetteln" Max
wirkte reichlich durcheinander.

„Wie meinst du das jetzt? Dass die Botschaften ebenso
von Reiter sind?, fragte Kartl nach.

„Mir ist nur aufgefallen, dass sich bei den letzten Botschaften
der Stil geändert hat. Ich finde die Formulierungen
unterschiedlich. Meiner Meinung nach sind die nicht
mehr vom Kramer gewesen. Deshalb tippe ich auch
mittlerweile auf Reiter."

„Der kann es aber auch nicht zu allen Zeiten gewesen sein."

„Eine dritte Person?"

„Wer? Und warum?", meinte Kartl. Irgendwie beschlich
ihn das Gefühl, hier stank irgendetwas ganz gewaltig
an der Sache.

„Was steht darauf?", interessierte sich Max.

Kartl beförderte den Zettel, aufbewahrt in einer Plastikhülle,
aus seiner Jackeninnenseite. „Hier."

Neugierig griff Max zu und überflog den kurzen Text.

Sie haben alles, was Sie brauchen. Täter, Motiv. Leben Sie wohl!

„Sehr komisch. So wie das klingt, meint man ja gerade,
dass sich hier Kramer verabschiedet. Und doch glaube ich
das nicht. Auf jeden Fall können wir Reiter nicht länger
hier behalten. Die Beweislage spricht gegen uns."

„Ja, leider. Ich werde die Jungs informieren, dass sie ihn
laufen lassen sollen."

Gesagt, getan. Kartl rief die Kollegen an und veranlasste
die sofortige Freilassung von Reiter.

„Übrigens, fast habe ich es vergessen. Die Überprüfung
Reiters   Wohnung und seines Auto können wir
streichen. Da bekommen wir vom Staatsanwalt keine
Durchsuchungspapiere", fiel Max noch ein.

„Mann, das ist wieder typisch. Alle nehmen sich so wichtig."

„Es gibt nun mal Gesetze."

„Gesetz hin, Gesetz her. Brauche ich nicht, wenn sie uns nicht helfen."

Deprimierende Stimmung kehrte im Dienstzimmer ein. Eine geraume Zeitlang sprachen sie kein Wort zueinander. Jeder versuchte, ein anderes Detail aufzuspüren, worüber sie eventuell noch nicht gestolpert waren, was aber wichtig erschien.

Urplötzlich öffnete sich ziemlich laut ihre Bürotür. „Das ist gerade herein gekommen. Leichenfund in Hetzles, nahe der Waldschänke, irgendwo im Wald. Die Kollegen sind schon vor Ort. Sie werden euch empfangen. Ist ja direkt wieder eine Abwechslung für euch von eurem verzwickten Fall, den ihr habt."

Und schwupps, verschwand er schnellstens aus dem Raum, bevor sie noch einen Kommentar dazu abgeben konnten.

„Kotzt mich an. Immer diese Ironie der Kollegen", moserte Kartl.

„Mache dir jetzt keine Gedanken darüber."

„Also, vorwärts, schauen wir mal, was uns erwartet. Immerhin etwas frische Luft für unsere geplagten Gehirnzellen. Meinst du, die Leiche hat was mit unserem Fall zu tun?"

„Ich weiß es nicht."

Kartl kannte die Gegend. *Mit dem Auto bin ich schon einmal zum Essen da gewesen. Ein ewig steiler Weg, der sich nach oben zieht.*

Er sah ihn förmlich vor sich. *Nichts für mich zum hinauf Wandern. Ich bin halt eher der gemütliche Typ. Wobei es sicher ein paar gibt, die meinen, ich bin faul geworden. Sollen sie*

*denken, was sie wollen. Mich stört es nicht. Ich bin mit meinem
Leben zufrieden.*
Zumindest redete er sich in diesem Augenblick sein Dasein
schön.

Nach gut einer halben Stunde Fahrt erreichten sie gespannt
die Straße, welche sie zum Tatort hinaufführte. Vom
idyllischen Ortskern ging sie direkt hinauf zur Anhöhe,
wo sich eine Ausflugsgaststätte befand. Nach der ersten
kleinen Biegung erweckte sofort das Aufgebot ihrer
Kollegen ihre Aufmerksamkeit.
„Sind ja alle schon da", bemerkte Max.
Sein Chef parkte den Wagen etwas abseits an der Seite.
Die Beamten an der Straße deuteten ihnen den Weg zum
Fundort der Leiche.
Es ging über eine kleine Böschung hinein in den dicht
bewachsenen Wald. Der Schnee erschwerte ihr Betreten.
Das Gelände verlief hier ziemlich steil, was Kartl schnell
die Grenzen seiner Beweglichkeit zeigte. Max dagegen
turnte leichtfüßig über die Unebenheiten.
Hoffentlich ist es nicht so weit, flehte er mit neidischen Blick
auf seinen Partner.
Sein Wunsch erfüllte sich schneller, als er selbst vermutete.
Nur ein paar Meter weiter im verschneiten Waldstück
bemerkte er schon die Absperrung und die ersten Beamten,
die den Fundort sicherten.
Beim Blick weiter bemerkte er die Person, die am Boden
lag. Noch während ihres Versuches, den ersten Kollegen
nach Informationen zu befragen, entfuhren seinem Partner
ein paar fluchende Worte. „Verdammt nochmal! Das ist
ja der Kramer. Heiliger Mist! Da können wir natürlich
suchen und suchen, wenn er da so herum liegt."

Sein typischer Sarkasmus, dachte sich Kartl. Er betrachtete, so gut er konnte, die Gestalt im Schnee. Sah den Hinterkopf und die oberen Teile seines Gesichtes. „Ja, das ist Kramer. Jetzt haben wir gewaltige Erklärungsnot. Unser erster Hauptverdächtiger ist tot. Den anderen haben wir heute früh aus unseren Fittichen entlassen. Prima Job von unserer Seite aus." Kartl fluchte vor sich hin.

Sie erreichten gerade den Tiefpunkt ihrer Ermittlungen. Dies war ihnen auch noch nicht in all den Dienstjahren passiert.

So ein unbefriedigendes Ergebnis. Kartl zornte mit sich selbst. *Warum habe ich die eine oder andere Entscheidung nicht anders gefällt?* Er blickte um sich, beobachtete den Fundort. „Lass uns mal beim Doc nachfragen."

Leider verwehrte der bei ihnen positionierte Beamte den weiteren Zugang. „Noch sind nicht alle Spuren aufgenommen."

„Günther", schrie Kartl Richtung des Mordopfers, wo er den Pathologen am Boden knien sah. „Wie lange liegt er hier schon?"

„Noch nicht so lange. Allerhöchstens zwei Tage."

„Vorgestern? Da befand sich Reiter noch auf freien Fuß. Könnte es sozusagen gewesen sein. Aber warum?"

„Oder er ist heute Nacht umgebracht worden. Dann scheidet er gänzlich aus", ergänzte Max.

„Und wie ist er ermordet worden?"

„So wie es im Moment ausschaut, durch massive Schlageinwirkung am Hinterkopf." Mit seinen Händen zeigte er auf die Stelle. Nur schemenhaft erkannten sie dies auf die Entfernung. Der Abstand gestaltete sich doch zu groß. „Falls ihr nach der Tatwaffe fragt. Ich weiß es noch nicht", erläuterte Günther weiter. „Hier ist er auch

nur abgelegt worden. Nicht ermordet. Später erfahrt ihr
mehr."

„Danke."

*Wieder hat sich jemand die Mühe gemacht, eine Leiche von A
nach B zu transportieren. Reger Betrieb.* Kartl brachte das
Ganze nicht auf eine Linie in seinem Kopf.

„Schon eine sehr heikle Geschichte. Meinst du nicht auch?",
fragte er Max. „Erst treibt einer ein makabres Spiel mit
uns. Spioniert mir hinterher. Wird aber anscheinend selbst
bespitzelt. Mit welchem Ergebnis? Schaufelt sich sein
eigenes Grab?"

„Jemand ist nervös geworden. Vielleicht wusste er zu
viel? Wollte ihn jemand erpressen, Chef?"

„Es muss noch einen anderen Mitspieler geben. Wir müssen
Reiter wieder auftreiben. Soll ich eine Fahndung nach
ihm rausgeben?"

Die Gedanken von Kartl fuhren Achterbahn. Trotzdem
versuchte er, die Situation zu analysierten.

Max erläuterte derweilen weiter. „Wir haben doch die
ganze Zeit über Kramer gesucht. Alles überwacht und
doch ist er wie vom Erdboden verschwunden. Was, wenn
sein Quartier gar nicht so weit weg ist?"

„Wie meinst du das?"

„Gerade habe ich den Abend mit der Geldtasche am
Kreuzweiher im Kopf. In der Nähe dieser Stelle gibt es
doch einen Campingplatz? Oder?"

„Ja. Haben wir nicht den Besitzer nach irgendwelchen
Vorkommnissen befragen lassen?"

„Doch. Aber was ist, wenn er sich dort eingenistet hat.
Alles im Voraus bar bezahlt. Wie bei dem Wagen. Keinen
Namen, keine Registrierung. Es sind vermutlich kaum

andere Gäste um diese Jahreszeit auf dem Platz. Das ideale Versteck. Was meinst du?"

„Ja, durchsucht haben wir den Platz nicht. Du hast Recht. Das wäre das perfekte Abtauchen. Wie bist du darauf gekommen?"

„Reine Eingebung?"

Kartl schmunzelte. „Wir fahren los. Das ist eine heiße Spur. Super überlegt. Hast du auch noch das Foto vom Kramer dabei?"

„Ja, habe ich."

Somit verabschiedeten sie sich vom Fundort in Hetzles und fuhren, so schnell es ging, zum *Kreuzweiher*. Nach gut zwanzig Minuten befanden sie sich dort vor Ort.

Kapitel 16

Schnellen Schrittes versuchten sie die Anmeldung des Campingplatzes zu erreichen. Diese fanden sie jedoch geschlossen vor. Das Auffinden des Besitzers gestaltete sich danach nicht ganz so einfach. Sie suchten eine geraume Zeit lang. Letztlich fanden sie einen Mann mittleren Alters, der hinter der dazugehörigen Gaststätte herum werkelte.
„Hallo, hören Sie?", rief ihm Kartl zu. „Sind Sie der Besitzer vom Campingplatz?"
Mit einer Seelenruhe schaute er auf. „Braucht ihr einen Platz?", wollte er wissen.
„Nein, Mordkommission Forchheim. Mein Name ist Kartl, das ist mein Partner Max Neuner."
Neugierig näherte sich der Mann den beiden Polizisten.
„Huber, mir gehört der Platz", erwiderte er. „Was gibt es?"
Kartl kam sofort zum Punkt ihres Anliegens. „Wir suchen den Unterschlupf eines Mannes. Unsere Vermutung besteht darin, dass er sich hier einquartiert hat."
Verlegen kratzte sich der Typ an seinem unrasierten Kinn. „Im Moment habe ich nur einen einzigen Gast auf dem Gelände."
Das Foto schon griffbereit, reichte es ihm Max zur Ansicht. „Kennen Sie diesen Mann?"
Unsicher blickte er zwischen den beiden Kommissaren hin und her. „Ich möchte aber keinen Ärger. Ja, das ist der Typ, der hier wohnt. Er ist vor über vier Monaten hier aufgetaucht und hat für ein Jahr im Voraus bezahlt. Ich

habe nicht viel nachfragt, da ich das Geld im Winter gut gebrauchen kann. Gibt es Ärger wegen ihm? Ich weiß nicht, ob er da ist. Ich kümmere mich nicht darum, was meine Gäste so machen."

„Ärger wird er ihnen nicht mehr machen", antwortete Kartl trocken, „er ist tot. Wir würden gerne seinen Platz sehen."

„Natürlich", gab Herr Huber nervös wieder.

Gemächlich folgten sie ihm auf dem Weg durch den Campingplatz.

Der läuft ja noch langsamer als ich, amüsierte sich Kartl innerlich.

Tristesse und leere Plätze begleiteten ihren Weg. Schließlich gelangten sie an die hinterste Ecke des Geländes. Dort standen drei sogenannte Mobilheime. Kleine Häuschen für Leute, die selber keinen Campingwagen besaßen, aber das besondere freiheitliche Feeling vom Campen bevorzugten.

„Das rechte habe ich ihm vermietet. Die Fläche daneben und hinter dem Haus gehört noch dazu. Brauchen Sie mich noch?"

Deutlich spürten sie, dass sich der Vermieter sehr unwohl in seiner Haut fühlte.

„Wenn Sie uns noch den Schlüssel dafür bringen? Fürs Erste sind wir dann zufrieden."

„Ich habe die Ersatzschlüssel immer eingesteckt." Ungeschickt reichte er Max einen Schlüsselbund mit drei Schlüsseln.

„Einer davon passt."

„Danke, Sie können gehen." Kartl erlöste ihn endgültig. Schnell verzog sich Huber. Max lachte herzhaft, als er sich außer Rufweite befand. „Chef, der war froh, dass er sich aus dem Staub machen konnte. Hat die Hosen gestrichen voll wegen der Schwarzanmeldung."

„Ja, so schaut es aus. Komm, wir werfen einen Blick in das Innere."

„Auf geht´s."
Sie schritten zur Eingangstür und dabei bemerkten sie erst jetzt, dass etwas rechts zurückgesetzt zwei Autos neben dem Wohnwagen parkten. Ein Mietwagen der Firma Mietcar und sKramers, das sich schon lange in der Fahndung befand.

„Das ist ja ein Ding!", rief Max verwundert. „Der alte Zigeuner. Verarscht uns alle. Parkt hier seelenruhig seine Autos. Und wir suchen uns einen ab."

„Ist schon seltsam. Das Leihauto ist mit Sicherheit der Wagen, dem ich hinterher gelaufen bin. Aber ich kann schwören, dass die Person, die damit weggefahren ist, nicht Kramer gewesen ist."

„Vielleicht war er zu diesem Zeitpunkt schon tot und jemand bediente sich seines Wagens. Zum Beispiel Reiter."

„Wäre durchaus möglich", antwortete Kartl.

Sie wandten sich wieder der Tür zu und stellten schnell fest, dass hier etwas nicht stimmte.

„Wir sind nicht die Ersten", signalisierte Kartl mit Blick auf das ramponierte Schloss und dem nicht abgesperrten Haus.

Sie zückten ihre Dienstwaffen und zogen vorsichtig die Tür auf. Langsam betraten sie das Innere des Mobilheimes. Keiner anwesend. Nur wildes Durcheinander präsentierte sich ihnen.

„Da wollte wohl jemand seine Spuren verwischen und ist uns ein bisschen zuvorgekommen", mutmaßte Max.

„So wie es ausschaut, werden wir schlechte Karten haben.
Aber vielleicht hat derjenige etwas übersehen. Hoffen
wir mal."

So fingen sie an, das Chaos zu durchforsten. Fast eine
Stunde sichteten sie Unterlagen, Kleidung und die gesamte
Inneneinrichtung. Um irgendetwas zu finden, was ihnen
weiterhalf.

„Sepp, wenn du dir überlegst, du führst ein zufriedenes
Leben. Hast dein Auskommen. Ein Dach über dem Kopf.
Einen guten Job. Und dann bleibt dir von deinem Leben
nur der Inhalt dieses Wohnwagens übrig. Wie krass ist
denn das?"

„Ja, das Schicksal ist manchmal ein großer Spielverderber",
pflichtete ihm Kartl bei. „Aber dass das Ganze so enden
muss? In einem Waldstück bei Hetzles. Hier innen finden
wir nichts. Lass uns mal draußen schauen."

„Ja, frische Luft für unsere Schädel. Bei dem Mief hier."

„Ich habe das Gefühl, dass uns Kramer irgendwo etwas
hinterlassen hat. Er weiß, dass er in Gefahr gewesen ist.
Und er hat mir vertraut. Komm mit raus."

Die beiden Kommissare betraten wieder das Tageslicht
und schnauften tief die nicht mehr so kalte Luft ein.

„Schaust du bitte in den Autos nach? Ich beschnuppere
mal alles von außen."

„Muss ich die aufbrechen."

„Tu, was du nicht lassen kannst", lächelte ihm Sepp zu.
Während Max sich den beiden Wagen widmete, untersuchte
Kartl gründlich das Mobilheim ab. Er hoffe insgeheim,
dass ihr Mordopfer irgendetwas versteckt hatte. *Und wenn
es nur die eigene Lebensversicherung ist.*

Gründlich überprüfte er jede Öffnung und Nische, jedes
noch so kleine Loch. Bis er den kleinen Raum öffnete, der

dem Wasservorrat diente. Er zog seine Taschenlampe heraus, leuchtete hinein, um das Innere besser betrachten zu können.

„Wieder nichts", murmelte er zu sich und wollte schon das Licht ausschalten, als sein Blick auf eine Schraube fiel, die ein Stück herausschaute.

Komisch, alle anderen sind komplett versenkt worden. Als wenn sie jemand auf die Schnelle befestigt hat, kam es ihm in den Sinn.

Langsam begab er sich zu ihrem Dienstwagen. *Kann ja nicht alles Max aufhalsen.*

Dort nahm er sich einen Schraubenzieher, kehrte zurück und begann alle innen befindlichen Schrauben des Hohlraumes zu entfernen. Mit der letzten flog ihm auch schon das Stück Brett entgegen. Und gleich dahinter ein dickes Bündel Papiere. *Da schau mal einer an,* schnaufte er zufrieden, *da hat mich meine Nase doch nicht im Stich gelassen.* Voller Erwartung zog er das Päckchen ans Licht. Sein Blick fiel auf jede Menge Zeitungspapier, mit dem etwas umwickelt schien. *Bin mal gespannt, was da sich darin verbirgt.* Aber dazu wollte er seinen Partner mit dabei haben.

„Max!", schrie er in dessen Richtung.

Dieser war gerade mit dem Kopf unter dem Lenkrad des Leihwagens verschwunden. „Ja,", antwortete er, „was gibt es?"

„Komm mal her. Ich hab was gefunden."

Max zwängte sich aus dem Auto heraus. „Ich auch. Schau mal her, eine Wurstverpackung mit dem Kassenbon einer Metzgerei drauf. Genau an dem Abend, wo du den Wagen verfolgt hast. Vielleicht hilft uns das weiter."

„Super", bemerkte Kartl. „Das hier ist in einem doppelten Boden über dem Wassertank befestigt gewesen. Wollen wir mal nachprüfen, was Kramer so Wichtiges versteckt hat." Langsam entfernte er die Zeitungsschichten um das Paket, bis ein Bündel Dokumente sich ihnen zeigte. Ganz oben lag ein Briefkuvert mit der Aufschrift *An* den *Herrn Kommissar. Das kommt mir so bekannt vor.* Kartl zuckte es beim Öffnen leicht in seinen Fingern. „Haargenau die gleiche Schrift wie bei der Geldtasche."

Mit seiner sonoren Stimme las er die geschriebenen Zeilen seinem Partner vor. „Kommissar, wenn Sie diese Zeilen lesen, kann es sein, dass ich es nicht geschafft habe, Ihnen den Mörder zu präsentieren. Er ist mir immer einen Schritt voraus gewesen. Aber er darf nicht ungeschoren davonkommen. Meine Hoffnung besteht dann darin, dass Sie diese Unterlagen finden."

Kurz warf er einen Blick auf Max, der wissbegierig seitlich von ihm stand. „Wissen Sie, als Manuela Meyer mich zum *Zehntplatz* bestellt hat, ist mir überhaupt nicht bewusst gewesen, was sie eigentlich von mir wollte. Ein paar Tage später habe ich dieses Paket erhalten, welches sich jetzt in Ihren Händen befindet. Keine Ahnung, wo das hergekommen ist. Ich vermute von ihr. Lauter Kontoauszüge und Unterlagen, dass nicht nur ich abserviert worden bin. Sondern auch sie nur als ein Mittel zum Zweck benutzt wurde. Allerdings ahnt sie nicht, wer dahinter steckt."

Der Text auf der ersten Seite war zu Ende. Kartl drehte das Papier um und fuhr fort, den Inhalt wiederzugeben. „Mir tut es wahnsinnig leid. Ich habe nicht geahnt, was sie mir sagen wollte. Vielleicht läuft die Geschichte anders mit mehr Informationen in der Hand. Selbst habe ich mich nicht daran gewagt herauszufinden, wer sich hinter der

ganzen Schweinerei verbirgt. Mein Ziel ist es gewesen, mich selbst aus der Schusslinie zu halten. Leider vergebens, wie Sie ja nun bemerkt haben. Finden Sie den Drecksack. Es reicht. Jetzt sind zwei Leben zerstört. Das muss genug sein. Beenden Sie diesen Alptraum."
Ganz unten am Blatt bemerkte er noch den Schlusssatz.
„Viel Glück, Herr Kommissar. Ihr Hubertus Kramer."
Schweigend blickten sie lange auf das Dokument.
„Das muss ich erst einmal verdauen. Unser Fall führt uns von einem Abgrund in den anderen. Warum ist er nicht zur Polizei gegangen?", bedauerte Max in diesem Moment.
„Ja. Was für ein perfides Spiel. Da beschattet mich einer und merkt dabei nicht, dass er in dieser Rolle ausgedient hat. Ein neuer Schatten nimmt seinen Platz ein. Aber jetzt schnappen wir uns den Mistkerl."
„Irgendeine Schieberei ist hier gelaufen. Vielleicht steckt ja Reiter mit drin."
„Wir brauchen Beweise. Denn ohne diese können wir ihm keinen Mord anhängen. Komm, wir fahren ins Präsidium."
„Sollen wir nicht erst das Gelände sichern, bis wir die Spusi verständigt haben?"
Kartl überlegte einen Moment, wo die Vor- und Nachteile lagen. „Nein. Organisiere bitte alles auf der Fahrt. Da kommt jetzt eh keiner her."
„Alles klar. Die von der Autoverleihfirma werden sich freuen, wenn sie ihren Wagen heil zurückbekommen."
„Warte mal. Was ist jetzt mit dem Beleg, der im Auto gelegen ist?", fiel es Kartl ein. *Fast untergegangen.*
„Stimmt. Warte, ich hole ihn. Er liegt noch auf dem Sitz."
Sprach's und spurtete schnell die vier Meter hinüber, öffnete die Tür, griff hinein und kaum fünfzehn Sekunden später stand er wieder neben seinem Chef.

„Neuer Rekord?", hinterfragte Max belustigt. „Hast du gestoppt?"

Süffisant bemerkte Kartl: „Das ist mir zu schnell gegangen."

„Schau mal. Zwei Leberkäsesemmeln, steht hier darauf. Bezahlt laut Bon um 17.45 Uhr in einer Metzgerei in Erlangen. Wollen wir da noch hinfahren?"

„Lass mal, da ruf ich den Prantl an. Vielleicht hat er Zeit. Er ist näher dran. Wir bringen den Beleg derweil ins Labor."

„Vielleicht kann sich die Verkäuferin an den Kunden erinnern."

„Du kannst ja schon mal im Auto die SpuSi organisieren. Ich telefoniere mit dem Prantl."

„Okay, Chef."

Während Max es sich derweil im Auto gemütlich machte, wählte Kartl die Nummer seines Freundes. Es dauerte ziemlich lange, bis sich die vertraute Stimme am anderen Ende meldete. „Wo treibst du dich herum?", überfiel er ihn sofort.

„Sepp, du brauchst auch nicht Hallo sagen, oder?"

„Hast du gerade eine halbe Stunde Zeit?"

„Was gibt es schon wieder? Beschattung?"

„Nein, wir haben einen Verzehrbon einer Metzgerei in Erlangen gefunden. Wir wollen wissen, ob die Verkäuferin sich noch erinnern kann."

„An wen?"

„Ich lass dir gleich ein Bild eines Tatverdächtigen schicken. Hubertus Kramer. Das kannst du ihr zeigen. Würdest du das machen?"

„Ja, ich vertrete mir mal ein bisschen die Beine. Gib mir die Adresse durch."

Vom Zettel des Bons las er diese ab und verabschiedete
sich von Prantl. „Sag mir sofort Bescheid, wenn du was
weißt.“
„Wie könnte ich das vergessen?“, flachste er.
Kartl legte lieber schnell auf, bevor noch ein Kommentar
hinterher flog.
Sofort danach begab er sich zum Dienstwagen und nahm
auf dem Fahrersitz Platz. „Alles klar bei dir?“
„Ja. Die Spusi macht sich gleich auf den Weg.“

*Wir müssen herausfinden, wer sich hinter den ganzen Bankdaten
verbirgt.* Kartl überlegte, um was es für eine Art Geld es
sich handelte. *Nochmals um Bestechung, Korruption? Unsere
Wirtschaftsexperten sollen gleich mal einen Blick darauf werfen.*

Kapitel 17

Auf dem Weg ins Präsidium kontaktierte Kartl nochmal die PI Forchheim, ob es schon eine Spur von Reiter gab. Das Fazit teilte er sofort Max mit. „Er hat sich für heute beurlauben lassen."

„Sagt das seine Firma?"

„Ja, sie haben dort nachgefragt."

„Warum macht er das?"

„Wird halt doch nicht ganz so unschuldig sein."

„Wer hat jetzt wen umgebracht?", fragte sich Max mittlerweile. „Kramer zuerst die Meyer? Reiter später Kramer? Oder Reiter beide?"

„Oder Reiter die Meyer und beim anderen Mord spielt noch ein unbekannter Dritter mit?"

„Aber wo liegt das Motiv?"

Während ihrer Diskussion trommelte Kartl permanent mit den Fingern auf sein Lenkrad.

„Mensch Sepp, du machst mich ganz nervös. Zurück zu unserem Fall. Kramer ist sauer auf die Tussy. Sie hat ihn schließlich verraten und verkauft. Er will das Ganze vertuschen. Uns ablenken. Auf eine andere Fährte schicken. Serviert uns Reiter. Seine heimliche Liebe, das verlorene Kind, die verletzte Eitelkeit, all das spielt uns in die Karten. Vielleicht hat Kramer Reiter erpresst."

„Andere Variante. Reiter ermordet die Meyer. Eifersucht. Klassisches Motiv. Der Mord an Kramer steht im unmittelbaren Zusammenhang mit seiner Absetzung. Irgendjemand anderes hat davon profitiert."

„Noch wissen wir nicht, um was es geht. Verschobenes Geld, Untreue, Korruption. Unendlich viele Möglichkeiten. Wer ist der Empfänger?"

„Wir müssen es schnellstens herausfinden. Wenn du dir auf der anderer Seite überlegst. Von dem Geld, das wir sichergestellt haben, hörst du nichts mehr. Auch schleierhaft, oder dass dies nicht nachzuvollziehen ist."

„Weißt du, was ich komisch finde?, fragte sich Max. „Das Paket. Kramer hat es nach ihrem Tod bekommen."

„Und wir wissen nicht, ob sie es wirklich verschickt hat. Keine Beweise dafür. Kein Absender. Keine Zeile an ihn. Nichts Persönliches."

„Vielleicht ist es auch ihre Lebensversicherung gewesen?" Die Gedanken von Kartl schweiften hin und her. Immer wieder standen sie kurz davor, den Fall zu lösen. Ungläubig staunte er, wie sich jedes Mal eine neue Gabelung in den Ermittlungen herauskristallisierte.

„Wir sind gleich da", unterbrach Max seine Überlegungen.

Zügigen Schrittes durchquerten sie die PI Forchheim. Bevor sie bei den Kollegen vom Wirtschaftsdezernat vorbeischauten, gab es einen kleinen Abstecher zum Labor. Eine einsame Mitarbeiterin überprüfte gerade irgendwelche Substanzen. „Guten Tag. Spuren von Kramer?", wollte Kartl wissen.

„Dem Mann im Schnee?", fragte sie zurück.

„Ja."

„Das sind fremde Fasern, die wir an seiner Jacke gefunden haben. Die gleichen wie am Mantel, den Manuela Meyer trug."

„Gut möglich. Beweist noch nicht den Mord. Laut seiner Aussage hat er ja sie ein ganzes Stück getragen. Da ist sie schon tot am Boden gelegen."

„Das melden Fasern nicht." Belustigt fuhr sie fort: „Tot oder lebendig. Die Antwort gibt es woanders."

„Wir benötigen dringend eine Untersuchung", mischte sich Max ein. Zeitgleich nahm er den eingepackten Bon der Metzgerei aus seiner Hemdtasche und reichte ihn weiter. „Schaut mal, ob ihr Fingerabdrücke darauf findet."

„Alles klar."

„Ruft mich an, wenn es was Neues gibt", bat Kartl die junge Frau.

Flugs ging es weiter in die heiligen Hallen der Inspektion. Auf zu den Experten der Geldwege. Sie besaßen alle Möglichkeiten, Bankdaten zu lesen, zu überprüfen.

Anhand der Unterlagen wahrscheinlich ein Klacks für die, hoffte Kartl. Unendlich froh darüber, dass die beiden Beamten sich auch in ihrem Büro befanden. „Hallo Benny, hallo Karl." Kartl stürmte forsch voran in das Zimmer. „Wir brauchen eure Hilfe."

„Um was geht es? Ihr macht den Eindruck, es brennt."

„Ja", sprach Max weiter. „Gefundene Unterlagen. Bankdaten, die auf irgendeine Schweinerei hindeuten. So ist es uns übermittelt worden."

„Zeigt mal her", bat Benny, der Jüngere der beiden.

Max reichte ihm den gesamten Pack hinüber. Interessiert fing dieser an, das Material durch zu stöbern. Sein Partner schaute ihm dabei über die Schulter.

Nach einigen endlos langen Minuten pfiff Benny mit dem Stapel Papier in den Händen voller Entzücken durch den Mund. „Da geht es um ganz schön hohe Summen. Eine halbe Million Euro ist da von einem Konto auf ein anderes

Konto abgezwackt worden. Aber nicht auf einmal. Sondern in fünf Raten a Hunderttausend Euro."

„Eine halbe Million?", fragte Kartl ungläubig nach.

„Ja. Wir müssen nur herausfinden wohin. Denn abgebucht wurde es anscheinend von einem Firmenkonto."

„Zeig mal her", forderte Max seinen Kollegen auf.

Dieser kam herum um den Tisch und deutete auf die Zahlen in Spalten, sowie auf den Firmennamen, der oben rechts auf jeder Seite stand.

„Ja, die Firma kennen wir nur zu gut. Doch nur eine Sache zwischen den Dreien?"

„Macht es euch bequem", forderte Karl die Beiden von der Mordkommission auf. „Wir schauen mal, was wir mit unseren Computer erreichen können."

Kartl und Max nahmen dankend an. Da das Büro nur drei Stühle beherbergte, setzte sich Benny auf den Schreibtisch neben dem Bildschirm.

„Wollen doch mal sehen, was wir herausfinden."

Karl verschränkte die Hände ineinander, dehnte sie und legte dann los.

Tippte, tippte und tippte. Ab und an ein leichtes Gemurmel.

Wo sind wir da rein geraten? Kartl wusste keine Antwort. *Wer zweigt so viel Geld ab?*

Derweilen saß Max mit geschlossenen Augen in seinem Stuhl.

Wahrscheinlich in Gedanken bei seiner Liebsten, schmunzelte Kartl bei seinem Anblick.

Kein Wort fiel in der nächsten halben Stunde. Karl und Benny verständigten sich per Blick- und Handkontakt. Ab und an notierten sie ein paar Details auf einem Schreibblock.

„So, ihr beiden." Karl lehnte sich grinsend auf seinem
Stuhl zurück.

„Habt euch ein sauberes Früchtchen ausgesucht", fing
er an. „Über das Firmenkonto werden alle Aufträge in
Südamerika abgewickelt. Gehälter, Wareneinkauf und
so weiter. Fünf Einträge sind für euch interessant. Die
besagten 500.000 Euro."

„Wo geht das Geld hin?" Kartls Ungeduld spürte jeder
in dem Raum

„Jede dieser Buchungen ist als Abschreibung für verlorene
Aufträge deklariert. So dass es auf den ersten Anschein
wie eine Rückbuchung ausschaut."

„Was bedeutet das?", wollte Max wissen.

„Auf den zweiten Blick fließt das Geld auf ein anderes
Auslandskonto auf den Philippinen."

„Geldwäsche?" Wieder war es Kartl, der den Zwischenruf
einbrachte.

„Keine Geldwäsche." Benny unterbrach für einen kurzen
Augenblick und rieb sich die Nase. „Letztendlich wandert
das Geld am Schluss auf ein Konto im Inland."

„Zurück zur Firma wieder?", wunderte sich Max verblüfft.

„Ihr seid auf der falschen Fährte." Dieses Mal übernahm
Karl den Part des Aufklärens. „Auf ein privates Konto."

„Von wem?" Kartl zerriss es förmlich innerlich.

„Auf das Konto von einem gewissen Armin Reiter."

„Sag das nochmal", forderte ihn Kartl auf.

„Ein gewisser Armin Reiter."

„Verdammt. Dieser Kerl hat das Ganze angezettelt? Ich
glaube es nicht. Der ist ja krimineller, als ich vermutet
habe", sprudelte es nur so aus dem Mund von Max.

„Aber das ist noch nicht alles", unterbrach ihn Benny.

„Noch mehr Geld?"

„Nein. Aber vielleicht das Motiv."

„Da bin ich aber neugierig."

„Nachdem die halbe Million auf seinem Konto gutgeschrieben wurde, wanderten davon Dreihunderttausend auf ein Konto in Frankfurt. Hier wurde es weiter transferiert auf fünf Unterkonten mit jeweils 100.000 Euro. Drei davon hat derjenige am selben Tag wieder leergeräumt."

„Was bedeutet das?" Max konnte sich keinen Reim darauf machen.

„Vielleicht hat eurer Verdächtiger irgendwo Schulden gehabt?", folgerte Benny.

„Sein Privatleben wird gerade durchleuchtet. Wir hoffen, dass wir bald Näheres erfahren."

In diesem Moment meldet sich das Telefon von Kartl.

„Wartet mal, das wird das Labor sein."

„Ja?"

Nicht das Labor befand sich am anderen Ende, sondern Prantl rief zurück. „Sepp, ich habe dich bald vergessen."

„Mensch, Prantl. Geht mir nicht anders. Erzähl mir was."

„Also, die Verkäuferin hat sich erinnern können. An einen etwas korpulenten Typ. So ähnlich wie du."

„Na, na", tadelte Genannter ihn sofort.

„Ziemlich ungepflegt. Bringt dich das weiter?", wollte Prantl von ihm wissen.

„Nein. Es muss auf jeden Fall noch jemand mitspielen. Deine Beschreibung passt auf den Typen, den ich verfolgt habe. Aber nicht auf Kramer und schon gar nicht auf Reiter. Hast mir sehr geholfen, Prantl. Wenn wir den Fall abgeschlossen haben, gibt´s ein Wiedersehen."

„Dann beeilt euch mal", lachte dieser lautstark in sein Ohr.

Nach dem Beenden des Gesprächs widmete sich Kartl
wieder der Runde. Max informierte er kurz über den
Inhalt des Telefonats.

„So", fragte er in die Runde. „Wie geht es jetzt weiter?"

„Ihr könnt auf jeden Fall den Mann hochnehmen wegen
Unterschlagung von Firmengeldern."

„In Ordnung. Hoffen wir mal, er geht uns nicht länger
durch die Lappen. Danke euch recht herzlich."

„Gerne geschehen", gab Benny zurück.

Zufrieden verließen Kartl und Max das Büro.

„Das hat sich gelohnt", sprach auf dem Gang Kartl zu
seinem Partner. „Jetzt müssen wir die einzelnen Details
zusammenbauen."

„Und ihn finden."

„Mann, ich habe Hunger. Komm, wir gehen was Essen."

„Mir knurrt auch der Magen".

So verließen sie ihr Präsidium, gingen in einen
nahegelegenen Imbiss, um sich jeweils einen Döner
einzuverleiben. Mit großen Appetit vertilgten sie das
nicht gerade kleine Gerät.

„Was haben wir?", keuchte Kartl während einer kurzen
Essenspause.

„Reiter hat das Geld abgezweigt, warum auch immer. Zu
einer Zeit, wo Kramer noch sein Boss gewesen ist. Laut
der Auszüge."

„Er hat ein Szenario geschaffen. Hat er seinen Chef
auflaufen lassen, um seine Buchungen zu tarnen? In dem
ganzen Hickhack ist das wahrscheinlich ein Kinderspiel
gewesen."

„Und dann kommt Manuela Meyer ins Spiel."

„Er bezirzt sie. Umgarnt sie. Macht sich an sie ran. Jubelt
ihr falsche Unterlagen und Informationen über Kramer

unter. Er spioniert ihn aus, stellt ihm eine Falle, in die dieser prompt tritt. Füttert sie weiter mit seinen Recherchen, damit sie die neue Chefin wird."

„Sie ist blind gewesen, jung, naiv und vertraut ihm. Vielleicht am Anfang auch ein bisschen verliebt. Doch er braucht sie nur als Vorwand, um seine Aktivitäten weiter vertuschen zu können. Alles nur ein großes Ablenkungsmanöver."

Sie bestellten sich noch einen Kaffee zum Abschluss ihres Mahls. Gleichzeitig versuchten sie, das Bild von Reiter zu vervollständigen.

„Als später die Liebesbeziehung abflaute, zerbricht ihr Vertrauensverhältnis. Aus irgendeinem Grund hat sie begonnen, hinter seinem Rücken zu recherchieren." Für Kartl zeichnete sich langsam ein klarer Ablauf der einzelnen Schritte auf.

„Sie muss der Reihe nach auf die Ungereimtheiten gestoßen sein", ergänzte Max.

„Aber warum hat sie es nicht gemeldet?"

„Kann sein, dass ihr nicht ganz wohl dabei war. Vielleicht hat sie Angst vor ihm gehabt?"

„Möglich. So hat sie versucht, Kramer mit ins Boot zu holen. Nicht sehr erfolgreich am Ende."

„Das Ganze ist nach hinten losgegangen."

Der Inhalt ihrer Kaffeebecher neigte sich dem Ende zu. Kartl rutschte mittlerweile recht unruhig auf seinem Stuhl hin und her.

„Magst gehen?", bemerkte Max.

„Ja. Lass uns noch ein paar Meter frische Luft schnappen."

Somit verließen sie ziemlich gesättigt und müde im Kopf den Imbiss. Die Sonne begann sich langsam für heute zu verabschieden.

Die beiden Kommissare fügten das Puzzle der Reihe zusammen.

„Hoffentlich denken wir richtig." Die Unsicherheit von Max war nicht ganz unbegründet. Zu oft lagen sie in dem Fall weit weg von der Wahrheit.

„Klingt doch ganz logisch oder?"

„Ja, soweit schon."

„Was die Beschattungen angelangt. Erst versucht Kramer unsere Loyalität zu gewinnen. Gleichzeitig hat vermutlich Reiter seine ehemalige Freundin beschattet. Hat ihr insgeheim auch nicht vertraut."

„Zum Showdown kam es am *Zehntplatz*."

"Alle drei sind dort aufeinander getroffen. Nur in welcher Reihenfolge. Erst Kramer mit der Meyer oder sie erst mit dem Reiter?" Während der Ausführungen fuchtelte Kartl wild auf der Straße umher.

Schaut ja lustig aus. Dies behielt Max lieber für sich, bevor er laut fortfuhr. „Wahrscheinlich Kramer zuerst. Er ist immer noch sauer gewesen. Ohrfeigt sie und haut ab. Dies muss Reiter beobachtet haben."

„Und nutzt die Situation gnadenlos aus. Bringt die Meyer um. Er kann es sich nicht leisten, dass sie plaudert."

„Genau. Und Kramer reagiert völlig irrational."

„Das stimmt. Sammelt die Leiche ein. Spielt mit uns. Will Zeit gewinnen. Den Mörder finden. Sich reinwaschen."

„Aber es war die falsche Entscheidung von ihm."

Für einen Moment standen sie schweigend am Gehsteig in einer der zahllosen Straßen von Forchheim.

„Komm, wir kehren wieder um."

„Aber die Meyer muss auch über das Leben vom Kramer Bescheid gewusst haben. Sonst wäre das Paket mit den Bankdaten nicht bei ihm auf dem Campingplatz gelandet."

„Aber hat Reiter auch Kramer ermordet? Jemanden beauftragt? Oder spielt noch einer mit?"

„Das werden wir auch noch auflösen", gab Kartls Partner betont optimistisch.

Bevor sie jedoch weiter besprechen konnten, klingelte aber erst mal Kartls Handy.

„Ja, was gibt´s?", fragte er den Anrufer. Das Labor meldete sich bei ihm.

„Habt ihr was gefunden", sprach er neugierig weiter.

„Wir haben einen Volltreffer. Auf dem Zettel vom Metzger, den ihr mir gegeben habt, sind wir fündig geworden. Der Fingerabdruck passt zu einem gewissen Draganov Mirkowitsch."

„Das ist eine tolle Nachricht."

„Braucht ihr gleich seine Adresse?"

„Ja. Moment."

Kartl drehte sich um und bat Max um ein Stück Papier inklusive Stift. „Jetzt", wandte er sich wieder der Dame vom Labor zu.

Sie übermittelte ihm eine Adresse in Erlangen.

„Ja, vielen Dank", gab Kartl voller Freude zurück. „Das ist der Durchbruch."

Rätselnd stand Max neben ihm. Seine Unwissenheit dauerte nicht lange an. Nach dem Telefonat brachte ihn Kartl auf den gleichen Stand.

„Das ist das fehlende Bindeglied", resümierte Max.

„Der Unbekannte, den wir bisher nicht einordnen hat lassen."

„Vielleicht dritte Tatverdächtige? Komm, wir fahren gleich nach Erlangen."

Schnell holten sie ihren Dienstwagen. Voller Eile düsten
sie zur besagten Adresse nach Erlangen.

Kapitel 18

Die gesuchte Adresse lag nahe der Innenstadt von Erlangen. Kaum eine halbe Stunde nach ihrer Abfahrt erreichten sie diese.

Eine nicht sehr charmante Wohngegend, dachte sich Max. Dies war noch harmlos ausgedrückt, angesichts der Wohnungen und Mieter, die jede Menge sozialen Sprengstoff lieferten. An dem rostigen Namensschild suchten sie den Namen des Verdächtigen und klingelten. Schon nach einer paar Sekunden vernahmen sie eine männliche Stimme über die Sprechanlage. „Ja, was gibt es?"

„Herr Mirkowitsch?", sprach Kartl.

„Ja, der bin ich", kam zurück.

„Herr Mirkowitsch, wir sind von der Polizei und haben ein paar Fragen an Sie. Dürfen wir rauf kommen?"

„Wenn es sein muss. Dritter Stock."

Ein Summton ertönte, Max drückte gegen die Eingangstür und sofort öffnete sich diese. Sie betraten das schmutzige, kalte Treppenhaus, bestiegen die ersten Stufen und stellten schnell fest, dass der Aufzug fehlte.

Ein No-Go für Sepp, vermutete Max.

„Das glaube ich jetzt nicht", hörte er prompt seine Reaktion.

„Sepp, das ist jetzt das richtige Fitnessprogramm nach unserem Döner."

„Für dich vielleicht. Ich hätte gerne darauf verzichtet."

So fingen sie an, sich in den dritten Stock empor zu arbeiten. Mühevoll versuchte Kartl mit seinem Partner Schritt zu halten, aber der Abstand zwischen den beiden wurde immer größer.

Als er endlich ankam, hörte er Max schon reden. Somit blieb ihm keine Zeit zum Verschnaufen.

„Herr Mirkowitsch. Da kommt mein Chef, Herr Kartl. Mein Name ist Max Neuner Wir sind beide von der Mordkommission. Dürften wir bitte hereinkommen?"

„Mordkommission?", blickte dieser sehr erstaunt. „Ich habe keinen umgebracht."

„Habe ich auch nicht gesagt", meinte Max. „Dürfen wir?"

„Bitte", antwortete dieser.

Im nächsten Moment betraten sie eine ungepflegte und unordentliche Altbauwohnung.

Im Wohnzimmer fanden sie sich einen Moment später wieder. Kartl und Max bevorzugten es lieber stehen zu bleiben. Das Sofa in dem vermüllten Raum vermittelte keinen einladenden Eindruck.

„Herr Mirkowitsch", fing Kartl die Befragung an. „Dämmert es Ihnen bei zwei Leberkäsesemmeln?" *Erst mal vorsichtig rantasten. Mal schauen, wie er reagiert,* war sein Ansatz.

Sichtlich unwohl erinnerte sich Herr Mirkowitsch erst einmal an nichts. „Ich esse oft Leberkäse. Warum?"

„Vorgestern Abend zum Beispiel."

„Darf man nicht einmal in Ruhe seine Brotzeit machen?"

„Im Normalfall schon", sprang Max ein. „Aber auch in einem Mietwagen, der ihnen nicht gehört?"

Herr Mirkowitsch lief im Wohnzimmer während der ganzen Zeit hin und her.

„Ach der, den hat mir ein Freund ausgeliehen. Für eine kleine Spritztour."

„Für eine kleine Spritztour, um jemanden zu ermorden?",
fragte Kartl sehr provokant.

„Wir haben Ihre Fingerabdrücke auf dem Bon für die
Leberkäsesemmeln gefunden", ergänzte Max. „In einem
Wagen auf einem Campingplatz. Der Besitzer des Wagens
ist ermordet worden und wir würden gerne von Ihnen
wissen, was Sie die letzten beiden Tage gemacht haben."

„Mord?", schrie dieser ganz aufgeregt und verzweifelt.

„Nein, damit habe ich nichts am Hut. Ich lungere oft
vor dem Bahnhof. Manchmal bekommt man hier den
einen oder anderen Gelegenheitsjob. Letzte Woche ist ein
Unbekannter zu mir gekommen."

Herr Mirkowitsch atmete schwer bei seinen Ausführungen.

„Er sprach mich an und fragte, ob ich ihm einen kleinen
Gefallen erweisen könnte. Nur jemanden beschatten.
Nichts Gefährliches. Hier mal einen Zettel an seine
Windschutzscheibe heften. Warten, bis er schläft. Noch
einmal eine Nachricht an seinem Auto hinterlassen. Und
danach einfach wieder verschwinden."

Max und Kartl schauten sich wissend an.

„Das hörte sich nach einem Kinderspiel an. Und er bot
mir krasse Tausend Euro dafür. Leicht verdientes Geld,
dachte ich mir. Also schlug ich in das Geschäft ein. Zwei
Tage später zeigte er mir alles. Auf was ich Acht zu geben
hatte, wo ich hinfahren musste, wer der Kerl war, den es
zu beobachten galt."

„Und Sie wollten gar nicht wissen, was das für ein Typ
war? Er konnte Ihnen ja auch eine Falle stellen", setzte
Max nach.

„Nein. Darüber habe ich nicht nachgedacht. Wissen
Sie, wie lange ich dafür brauche, um dieses Geld
zusammenzubringen?"

Max vermag es sich zu denken.

„Auf jeden Fall sagte er zu mir, ich soll ja Handschuhe anziehen. Sein wichtigster Rat. Er steckte mir 500 Euro am Anfang zu und den Rest habe ich bei der Übergabe des Autos in Erlangen bekommen."

„Die Handschuhe sind Ihr Problem gewesen, oder?", vermutete Kartl.

„Ja und nein. Im Normalfall macht mir das nichts aus. Aber Leberkäsesemmeln mit Handschuhen essen. Das geht nicht. Können Sie das verstehen? Was soll schon so schlimm daran sein? Jetzt weiß ich, dass es ein Fehler gewesen ist."

Die beiden Kommissare nickten grinsend zurück.

„Mist. Ich werfe extra noch die Tüte weg. Dass der Bon abgegangen ist, habe ich einfach nicht bemerkt. Abgestellt ist der Wagen von mir auf einem Campingplatz. So seine Order. Er ist einmal mit mir dort hingefahren. Den Rest des Geldes fand ich auch dort vor."

Max zog ein Foto von Reiter aus seiner Manteltasche und hielt es Mirkowitsch vor dessen Augen. „Ist das der Auftraggeber?"

„Ja", gab dieser kleinlaut zurück. „Bekomme ich jetzt Ärger?"

„Das muss der Staatsanwalt entscheiden", klärte ihn Kartl auf.

„Uns haben Sie trotzdem weitergeholfen. Die Kollegen werden noch einmal auf Sie zukommen. Schönen Abend noch."

Kartl bewegte sich hastig zur Eingangstür. Fast schon ein wenig überraschend für seinen Partner. *Aber ich muss raus aus dieser stickigen Atmosphäre.*

„Max", sprach er, sobald sie sich wieder auf der Straße
befanden, „tut mir leid für den überstürzten Aufbruch.
Aber mir ist da droben die Kehle zugeschnürt. Wie kann
man in so einem Mief nur hausen? Bleibt mir ein Rätsel!"
Max nickte nur zustimmend.
Nachdem sich sein beengtes Gefühl gelegt hatte, klopfte
Kartl seinen Partner erst einmal kräftig auf die Schultern.
„Mensch, genau genommen haben wir uns ein Bier
verdient. Der Fall ist vermutlich gelöst."
„Ja, da können wir stolz darauf sein. Das war auch eine
aufregende und anstrengende Zeit."
Sichtlich gut gelaunt und spürbar erleichtert fuhren sie
aus Erlangen hinaus.

Nachher im Präsidium erledigten sie noch ihren Bericht
mit den neuen Erkenntnissen. Das letzte fehlende Stück
ihrer rätselhaften Mordserie fügte sich mit den anderen
zusammen.
„Du hast dich nicht getäuscht bei deiner wilden
Verfolgungsjagd", lobte Max seinen Chef. „Dass es nicht
Kramer gewesen ist."
„Wenn ich schon nicht so schnell gewesen bin. Auf meine
Wahrnehmung kann ich mich doch noch verlassen."
„Reiters letzter Versuch, von sich abzulenken."
„Ja, nicht ungeschickt sein Spiel. Ist ihm ja fast gelungen,
uns hinters Licht zu führen."
„Ich denke, der Mord an Kramer geht auch auf sein
Gewissen."
„Ja. Vermutlich ist er ihm zu gefährlich geworden. Ein
wichtiger Zeuge weniger."
„Ahnt er, dass wir alles herausgefunden haben?"

„Bin mir nicht sicher. Vielleicht nicht wirklich. Er hält sich
für überlegen. Meint, wir entlarven ihn nicht als Mörder."
„Ja, mag sein. Hoffen wir, dass er nicht untergetaucht
ist. Wenn er sich in Sicherheit wiegt, erscheint er morgen
ganz normal zur Arbeit. Lassen wir ihn in dem Glauben",
schlug Max vor.
„Meinst du, wir sollen ihm den Eindruck des Nichtstuns
vermitteln?"
„Heute Nacht wird es eh nichts mehr bringen. Wer weiß,
wo der die Auszeit nimmt. Wenn doch, wir erfahren es
als Erste."
„Okay. Machen wir für heute Feierabend. Treffpunkt
morgen um acht Uhr wieder hier. Wir fahren zu seiner
Firma und hoffentlich findet das Spiel dieses Mistkerls
den verdienten Schluss."
Dann beenden wir es, das Spiel des Schattens, schmunzelte
Kartl bei seinen Worten.
„In Ordnung."

Kapitel 19

Am nächsten Morgen trafen sie sich voller Ungewissheit
für den zu erwartenden Zugriff. In den letzten Stunden
ereignete sich nichts, was ihnen weiterhalf.
Reiter blieb verschwunden. Weder in seiner Wohnung
noch bei der Arbeitsstätte beobachteten die getarnten
Polizisten etwas Besonderes.
Mit dem Haftbefehl in der Tasche verließen sie das
Polizeipräsidium. Unruhig fuhren sie wieder die bekannte
Strecke nach Erlangen, um die Firma von Reiter zu
erreichen. Mit wachen Blick lehnten die Kommissare
in den bequemen Autositzen, ließen die landschaftliche
Umgebung förmlich so vorbei fliegen, als sich ihre Zentrale
über Funk meldete.
„Tristan 23/01 bitte kommen."
Sofort betätigte Max den Schalter, um zurück zu sprechen.
„Ja, hier Tristan 23/01. Was gibt es?"
„Euer Posten vor dem Betrieb in Erlangen vermeldet
gerade, dass der Verdächtige das Firmengebäude betreten
hat."
„Vielen Dank. Ende."
Kartl und Sepp schauten sich vielsagend an. Ihre
Anspannung wuchs mit jeder Minute, bis sie nach ein paar
Verzögerungen durch kleinere Staus auf der Schnellstraße
in die Straße ihres Zieles einfuhren.

„Schaffen wir das alleine? fragte Kartl seinen Partner.
„Oder holen wir die zwei Beamten vor Ort als Verstärkung
dazu?“
„Ich denke, es reicht. Einen rabiaten Eindruck vermittelt
er nicht gerade auf mich.“
„Wie heißt es so schön? In jedem Lamm schlummert der
Wolf.“
„Das kenne ich gar nicht. Eigene Idee?“, lachte Max.
„Kann man so sagen.“
Sie erreichten den Firmensitz, parkten etwas abseits und
bewegten sich mit wachem Blick und langsamen Schrittes
Richtung Haupteingang.
Sie traten durch die moderne Drehtür, wo Max schon
die Dame an der Anmeldung erspähte. *Wie hieß sie noch
einmal? Jenny? Oder …?*, überlegte er für sich selbst.
Jenny selbst erkannte die beiden sofort wieder. Besonders
als ihr Blick in das Gesicht von Max fiel. Leicht röteten
sich ihre Wangen, als sie ihn sanft anstrahlte.
Kartl begrüßte das Fräulein mit einem „Guten Morgen“.
Abrupt änderte sich ihr Gesichtsausdruck. „Guten Morgen,
was kann ich für Sie tun?“, entgegnete sie mit reservierter
Stimme.
„Wir würden gerne zu Herrn Reiter.“
„Sie können hochgehen. Er ist, nehme ich an, an seinem
Arbeitsplatz. Den Weg kennen Sie ja.“
„Danke“, hauchte Kartl zurück.
*Dieses Mal wirkte sie aber sehr souverän und entspannt hinter
dem Tresen.* Dieser Eindruck entstand zumindest bei Kartl.
Max ging rasch voran und entschied sich, die Stufen zu
laufen, statt den Aufzug zu benutzen.

„So ein Mist", fluchte Kartl innerlich. Aber eine Blöße wollte er sich auch nicht geben. Deshalb lief er brav und voll schlechter Laune hinter ihm her.

„Warte mal", stoppte er ihn später ganz kurz. „Was machen wir mit unseren beiden Kollegen vor Ort? Sollen wir sie noch nachholen? Meinst du wirklich, das schaffen wir alleine."

„Ich glaube wirklich nicht, dass das notwendig ist. Versuchen wir zu zweit die Verhaftung durchzuführen." Sprach Max, drehte sich um und weiter ging es nach oben. *Es gibt irgendwo ein Ende der Strecke.* Diese Hoffnung und die wahrscheinliche Festnahme von Reiter spornen Kartl zusätzlich an.

Im zweiten Stock angekommen, hielt sich der Rückstand in Grenzen. Nur das laute Atmen so wie ein kräftiges Pfeifen seiner Lungen verriet seine kolossale Anstrengung. „Das macht mich fertig", flüsterte er leise.

„Dafür holen wir nun unsere Belohnung."

„Auf geht´s."

Als sie in den Raum traten, bemerkten sie die Gestalt von Reiter im abgeschotteten Glasraum. Vertieft in seinen Bildschirm schien er ihre Ankunft nicht wahrzunehmen. Schnurstracks führten ihre Schritte genau zu diesem Ort. Schwungvoll öffneten sie die Tür und Kartl begrüßte ihn schon fast überschwänglich vor lauter guter Laune.

„Guten Morgen, Herrn Reiter."

„Guten Morgen, die Herren. Den Mörder schon gefunden?"

Fast schon eine Frechheit die Antwort für sich. „Ja", konterte Sepp. „Er sitzt genau vor uns."

Reiters Gesichtsfarbe wechselte von hektisch rot zu blass, oder besser gesagt, schneeweiß. „Herr Kommissar! Sie selbst haben mich von Liste der Verdächtigen gestrichen."

„Ja", stimmte dieser ihm zu, „aber da hatte ich noch nicht bemerkt, dass Sie uns an der Nase herumführen."

„Würde mir nie einfallen."

„Gottseidank ist nicht alles planbar. Insbesondere muss man sich auf die richtigen Leute verlassen können. Das ist Ihr entscheidender Fehler gewesen."

„Haben Sie irgendwelche Beweise?", unterbrach ihn Reiter.

„Wir haben Dragon Mirkowitsch gestern Abend einen Besuch abgestattet. Sind Sie nicht neugierig, was er uns alles verraten hat? Den kennen Sie doch?"

„Sagt mir überhaupt nichts, der Name."

Zur Unterstützung seiner Worte zog Kartl ein Foto von Mirkowitsch heraus und hielt es Reiter ziemlich forsch unter die Nase. „Dämmert es Ihnen jetzt?"

„Ach der. Dem habe ich für einen Tag den Wagen geliehen. Wollte irgendwas erledigen. Ein armer Tropf."

„Machen Sie es sich doch nicht so unnötig schwer."

Noch verschwieg Kartl bewusst die Tatsache der Geldströme.

„Mirkowitsch hat uns eine ganz andere Geschichte erzählt."

„Ach ja?", bemerkte Herr Reiter betont lässig und provokant.

„Sie haben ihn angeheuert, mich zu beschatten. Eine Nachricht am Auto platzieren. Schön von Ihnen ablenken." Lachend prustete Reiter ihm entgegen. „Ihre Fantasie geht ganz schön durch mit Ihnen."

„Jetzt machen Sie mal einen Punkt", warnte Kartl scharf.

„Sie haben uns alle reingelegt."

„Haben Sie Beweise?" Reiter vermittelte einen siegessicheren Eindruck.

„Die haben wir. Mehr als genug." Nach seinem gesprochenen Worten gab er Max einen Wink und dieser holte aus seinem Jackeninneren einen Stapel Papiere. Genüsslich platzierte er die Kopien der Kontoauszüge auf den Schreibtisch von Reiter.

Gleichzeitig beugte sich Kartl zu ihm hinunter. Ganz nah, Gesicht an Gesicht. „Sagen Sie es uns, wenn wir uns täuschen. Wegen der Ihrer Meinung nach fehlenden Beweise."

„Was ist das?" Reiters Atem beschleunigte sich spürbar.

„Das sind Kontoauszüge. Müssen Ihnen bekannt vorkommen."

Mit zitternden Händen durchblätterte er die einzelnen Seiten. Sein Adamsapfel schlug ihm dabei heftig durch seine Kehle. Die Lippen bebten sichtbar beim Durchsehen der Zahlen und Tabellen. Schweiß rann an seinen geröteten Wangen herunter. Verlegen räusperte er sich, um danach in eine Art Schnappatmung überzugehen.

Die Fassade von Reiter brach Stück für Stück zusammen. Schluchzend stammelte er die Wörter nur noch so aus sich heraus. „Was hätte ich denn machen sollen? Ich bin ziemlich am Arsch gewesen. Wissen Sie, was es bedeutet, Spielschulden in meiner Höhe zu haben? Die verstehen irgendwann keinen Spaß mehr."

„Das hätten Sie sich eher überlegen müssen." Kartl zeigte kein Verständnis. „Aber warum zwei Morde?"

„Es ist am Anfang so einfach gewesen. Eine gute Gelegenheit, nachdem ich Kramer auf indirekten Weg abserviert habe. Ein Kinderspiel, das Ganze zu manipulieren. Niemand, aber auch wirklich niemand konnte das herausbekommen."

„Kein schlechtes Gewissen gehabt? Einfach jemanden den Job kaputt machen?", interessierte sich Max.

„Soll ich mich etwa umbringen lassen!", schrie Reiter verzweifelt.

Wäre besser gewesen. Kartls Galle stieg gerade in seiner Speiseröhre empor.

„Alles ist perfekt geplant gewesen. Sie hat mir vertraut. Aber musste es sein mit dieser dämlichen Schwangerschaft, die alles zerstörte? Ließ mich ab da einfach links liege. Wie einen Deppen. Was bildete die sich eigentlich ein. Und dieser Abbruch erst. Ohne mich zu fragen. Ab diesem Zeitpunkt misstraute ich ihr."

„Was haben Sie unternommen?", warf Max ein. Sein Blick fiel auf ein Häufchen Elend, welches zusammengekauert in sich selbst vor ihm saß.

„Ich habe angefangen, sie zu beschatten. Ich glaubte, ich spinne. Traf die sich doch tatsächlich mit diesem Kramer. Ich dachte noch, die verarscht mich total. Da habe ich die Kontrolle über mich verloren."

Schluchzend hielt er dabei beide Hände vor sein Gesicht, sodass die nächsten Worte immer schwerer verstanden.

„Ich bin aus meinem Versteck getreten. Sie hat mich nicht bemerkt. Ist vermutlich von der Ohrfeige vom Kramer so geschockt gewesen. Bis sie meine Hände an ihrem Hals bemerkte, blieb ihr schon die Luft weg. Ein kurzes Röcheln. Aber diesen einen Schrei, den sie noch herausbrachte, konnte ich nicht vermeiden. Wenig später atmete sie nicht mehr. Mich überkam Panik. Nur noch Panik. Ließ sie fallen. Nur noch weg, sagte ich mir."

Reiter unterbrach kurz seine Ausführung, holte sich ein Taschentuch aus seiner Hosentasche, um sich die Nase zu putzen. Danach fuhr er fort. „An der Ecke habe ich mich noch einmal vorsichtig umgedreht. Ob sie wirklich tot war. Stand da erneut der Kramer neben ihr. Hob sie auf und nahm sie einfach mit. Der spinnt doch, so mein erster Gedanke. Ist ja prima, der zweite."

„Lassen Sie mich raten. Ab da sind Sie ihm gefolgt?" Kartls logischer Schluss.

„Ja. Zur Hütte. Zum Campingplatz. Was Besseres kann mir gar nicht passieren, war meine Überlegung. Ich beobachtete jeden Schritt von ihm, so gut ich konnte. Wie er mit Ihnen spielte. Das Treffen am *Kreuzweiher*. Sein Rückzug immer wieder zum Campingwagen."

„Warum Mirkowitsch?", bohrte Max nach.

„Sollte nur ein Ablenkungsmanöver sein. Ich weiß, dass ich kein Alibi für den Mord an ihr habe. Insgeheim hoffte ich, dass Ihnen die Beweise dafür fehlen. Als Sie mich auf das Präsidium bestellten, musste ich handeln. Bevor ich zu Ihnen gefahren bin, habe ich Kramer aufgesucht."

„Und bei dieser Gelegenheit ermordet?"

„Ja. Ich benötigte ein Alibi für den Abend. Wenn der Schatten weiter existiert, lassen Sie mich laufen, dachte ich."

„Und ich bin darauf reingefallen", ärgerte sich Kartl.

„Herr Reiter, ich verhafte Sie hiermit wegen zweifachen heimtückischen Mordes."

Kalt blickte Kartl in das Gesicht von Reiter. *Vom unbescholtenen Bürger zum Monster. Immer wieder. Warum spielt das Wesen manchmal so verrückt?* Er wusste keine Antwort darauf.

„Ich hole nur schnell meinen Mantel", bat Reiter die beiden Beamten.

„In Ordnung", nickte ihm Kartl zu.

Sie beobachteten ihn, wie er zum Kleiderschrank hinüber ging, seinen Mantel herausholte und die Schranktür langsam wieder verschloss.

Im nächsten Moment schreckte Max fürchterlich zusammen. „Nein, um Himmels Willen", schrie er und spurtete Richtung Fenster.

Aber er schaffte es nicht mehr rechtzeitig, um eingreifen
zu können. Reiter öffnete bereits das Bürofenster, beugte
sich nach vorne und ließ sich hinausfallen.
Allgemeines Entsetzen breitete sich im Büro aus.
Max eilte ans Fenster, blickte hinaus, entdeckte ihn leblos
auf dem Pflaster vor dem Haus. „Verdammter Mist!",
fuhr es aus ihm heraus.

Schluss

Ein paar Tage später, Samstagabend, saßen die beiden Kommissare wieder in der *Blauen Traube* in Ebersbach. Mit am Tisch der Prantl.

„Wie ist denn euer Fall jetzt ausgegangen?", wollte dieser interessiert wissen.

„Reiter hat sich das Becken gebrochen. Mehr Dusel als Verstand gehabt. Jeder andere wäre tot gewesen. Im Moment liegt er noch in einem Krankenhaus. Nachdem er wiederholt über Selbstmord gesprochen hat, wird er danach wahrscheinlich in die Klapse eingewiesen", erläuterte ihm Kartl.

„Macht auf Psyche. Na ja, da kommt er bei zweifachem Mord auch nicht mehr raus."

„Genauso sehe ich das auch. Max, dir danke ich für deine Zusammenarbeit in dem Fall. Es ist ein Vergnügen mit dir zu arbeiten".

„Danke dir, aber mir ist es genauso gegangen. Denke schon, dass wir ein sehr gutes Team sind."

„Und dir, Prantl", ergänzte Kartl, „gebührt auch großes Lob für deine Unterstützung. Vielleicht ergibt sich ja mal wieder die Gelegenheit."

„Keine Ursache, Sepp. Das weißt du doch. Gerne wieder beim nächsten Fall. Ansonsten treffen wir uns einfach zum gemütlichen Dienstausklang auf ein Bier."

„Auf den heutigen Abend", sprach Max und prostete den beiden zu.

Zufrieden lehnten sie sich zurück und verbrachten die
nächsten Stunden in Ebersbach.
Den einzigen Schatten, den sie bemerkten, war ihr eigener.
Am späten Morgen, auf dem Heimweg.

Die letzten Worte … gehen an Sie, liebe Leserinnen und Leser. Vielen Dank, dass Sie meinen ersten Fränkischen Krimi von Kartl und Neuner gekauft haben. Ich freue mich, wenn Sie mir mitteilen, ob Ihnen das Spiel des Schattens gefallen hat.

Schreiben Sie mir eine Mail unter

harald.weiss@t-online.de

Natürlich würde ich mich freuen, wenn Sie Ihre Rezension hinterlassen (z. B. auf amazon.de). Sie können mich auch auf meiner Seite auf Facebook besuchen unter

https://www.facebook.com/Harald-Weiss9F-568738033283193/?ref=hl